CLV

KURT BRUNER
& JIM WARE

DER RING UND SEIN GEHEIMNIS

Christliche Literatur-Verbreitung
Postfach 110135 • 33661 Bielefeld

1. Auflage 2001

Christliche Literatur-Verbreitung
Postfach 110135 • 33661 Bielefeld
Internet: www.clv.de

Originaltitel: Finding God in The Lord of the Rings
Originalverlag: Tyndale House Publishers
Übersetzung: Heike Vornholt
Satz: CLV
Druck: Ebner, Ulm

ISBN 3-89397-474-1

INHALT

EINLEITUNG

An einem grauen Oktobertag 1999 erfüllte ich mir einen Lebenstraum: Ich besuchte eine kleinen Kneipe in einer abgelegenen Ecke Oxfords mit dem Namen *The Eagle and Child* (Der Adler und Kind). Nicht, dass ich durstig gewesen wäre. Mein Wunsch war, ein Foto von mir an dem Platz machen zu lassen, auf dem sich zwei meiner schriftstellerischen Helden vor einem halben Jahrhundert regelmäßig getroffen haben.

Allerdings wurden meine Erwartungen enttäuscht. (In den Vereinigten Staaten wäre die Kneipe schon längst touristisch vermarktet worden.) So wie der Ort aussah, wäre man nie auf den Gedanken gekommen können, dass er von solch berühmten Autoren wie C. S. Lewis und J. R. R. Tolkien regelmäßig besucht wurde. Auch fand ich keinen Hinweis, an welchem Tisch sie gesessen haben, während sie gegenseitig ihre Arbeiten beurteilten. Augenscheinlich hatte dies auch für die derzeitigen Besitzer keine größere Bedeutung. Sie waren eher daran interessiert, ob ich nun etwas trinken würde oder nicht. Für mich war es jedoch von äußerster Wichtigkeit. Ich stand tatsächlich in der Kneipe, in der sich die Gruppe von Schriftstellern, die sich die Tintlinge nannten, in jenen Tagen trafen, in denen solche Klassiker wie *Die Geschichten von Narnia* und *Der Herr der Ringe* Gestalt annahmen! Ich war in Oxford, um an zwei Christen zu denken, deren Schriften den Glauben und die Fantasie von Millionen beeinflusst haben.

J. R. R. Tolkien, der C. S. Lewis auf seinem Weg zum christlichen Glauben half, schrieb *Der Herr der Ringe*, einen epischen Fantasieroman, der das populärste Buch des zwanzigsten Jahrhunderts wurde. Mehr als fünfzig Millionen Exemplare wurden verkauft und *New Line Cinema* inspirierte er zu einer Filmtrilogie. Menschen aller Glaubensrichtungen genossen die Abenteuer von Frodo, Sam, Gandalf und anderen bei dem Auftrag, das Auenland vor drohendem Unheil zu retten – und das mit gutem Recht.

Die Sprachkunst und Kreativität, die hinter dieser wunderbaren Geschichte stehen, reihen es unter die größten literarischen Werke aller Zeiten ein. Aber viele Tolkien-Fans werden sich dessen nicht bewusst sein, dass es tiefer christlicher Glaube war, der die Fantasie des Autoren inspiriert und geschult hat. In der Tat zögern viele Christen, ein schöpferisches Werk anzuerkennen, das mythische Figuren, magische Ringe und übernatürliche Dinge zum Thema hat. Das ist bedauerlich, da die transzendenten Wahrheiten christlichen Glaubens aus dieser Geschichte nur so hervorsprudeln und unsere Vorstellungskraft mit Realitäten vertraut machen, die besser erfahren als studiert werden sollten. Wie die Werke von C. S. Lewis können die Mythen und Fantasien Tolkiens geistige Hintertüren öffnen, wenn die Vordertür geschlossen ist. Wie er erklärt: »Ich glaube, dass Legenden und Mythen zum großen Teil aus ›Wahrheit‹ bestehen, und dass in der Tat gegenwärtig einige ihrer Aspekte nur auf diese Art aufgenommen werden können.«[1] Das Ergebnis war, dass Millionen, von denen viele eine formale Religion ablehnen, Wirklichkeiten begegnet sind, die in den unerforschten Regionen christlichen Glaubens gedeihen.

FIKTIONALE REALITÄTEN

Der Herr der Ringe spielt in der fantastischen Welt der Mittelerde, einem Land, geboren und geformt aus der Vorstellungskraft J. R. R. Tolkiens. Es ist eine altertümliche Welt voller Menschen, Elben, Zwerge und Hobbits, die in relativer Harmonie miteinander leben und die Segnungen von Frieden und Wohlstand genießen. Wie wir kennen sie die Freuden und Pflichten des Lebens: sie wissen von harter Arbeit, heranwachsenden Kindern, neugierigen Nachbarn und rauschenden Feiern.

Die Hobbits und andere Bewohner der Mittelerde haben ein reiches Erbe an Liedern, Balladen, Legenden und Folklore, die das sonst einfache Leben mit Bedeutung erfüllen. Einige der Lieder erzählen die Geschichte von einem bösen Herrscher namens

Sauron und seinem finsteren Turm im antiken Land von Modor. Aber es gibt auch frohere Legenden von edlen Kriegern und vom Rat der Weisen, die das Auenland von der Finsternis befreit haben, um ein Land von Frieden und Güte zu schaffen. Ob die Erzählungen Geschichte oder Mythen sind, darüber denken die Hobbits, während sie ihren täglichen Aufgaben nachgehen, wenig nach. Jüngere Geschichten sind in den Mittelpunkt gerückt und wurden übermächtig, so wie die von Bilbo Beutlin, der ein langes Leben und großen Reichtum erlangte. Der freundliche einfache Hobbit war Jahre zuvor Teil eines riskanten Abenteuers gewesen, in dem er während seiner berühmten Begegnung mit dem verabscheuungswürdigen Gollum einen magischen Ring fand. Seine Geschichte ist ein weiterer Klassiker: »Der Hobbit«.

Ein sehr anziehender Aspekt von Tolkiens mythischem Reich ist, dass es, obwohl rein fiktional, ein Gefühl von Zeiten und Räumen hervorruft, die einst Wirklichkeit waren, möglicherweise lang vergessene Teile unserer eigenen Altertumsgeschichte. Das ist kein Zufall. Sein Schöpfer holte weit aus, um eine fantastische Welt zu schaffen, die konsequent jene Realitäten widerspiegelt, welche die Geschichte einrahmen, in der Menschen aller Zeitalter gelebt haben. Als Christ verstand Tolkien, dass unser Leben Teil eines großen Dramas ist, in dem unsere Erfahrungen transzendiert und erklärt werden. Szenen und Geschehnisse des Dramas, die sonst bedeutungslos und willkürlich wirken würden, bekommen mittels der Erzählung eine Bedeutung. Tolkien sah das Abenteuer unseres Lebens, wie das Abenteuer seiner Hobbits, als einen Teil einer Geschichte, die mit »es war einmal« begann und sich auf das »leben sie heute noch« hinbewegt.

Tolkiens Elben, Zwerge, Hobbits und andere mystische Persönlichkeiten werden wirklich, wenn wir uns mit ihren Ängsten und Schwächen, Sorgen und Erfolgen identifizieren. Ihre Geschichte wird unsere Geschichte: ein eindringliches Bild des epischen Dramas, das auf der Bühne von Zeit und Ewigkeit gespielt wird. Unsere Welt wird so in vielen Aspekten von Tolkiens Welt widergespiegelt.

So erkennen die Akteure zum Beispiel, dass sie Teil einer erzählten Geschichte sind. »In was für einer Geschichte sind wir gewesen, Herr Frodo?« überlegt Sam, nachdem sie einen der vielen Angriffe überlebt haben. Während ihres gesamten Abenteuers diskutieren Frodo und Sam ganz offen die Tatsache, dass sie in einer Geschichte sind und erkennen, dass die Szenen des Lebens nicht willkürlich und sinnlos, sondern zu den Schlüsselereignissen in dem großen Drama gehören, in dem wir eine Rolle spielen. Ihre Einstellung reflektiert das christliche Verstehen der Vorhersehung, dass wir alle Teil einer Geschichte sind, die vom Schöpfer aller Dinge geschrieben wird.

Mittelerde ist in ihrem dritten Zeitalter und eine Welt mit Geschichte. Im gesamten Buch geben die Figuren Gedichte und Lieder wieder, welche die Geschichte der frühen Vergangenheit erzählen. Damit zeigen sie, dass es eine Geschichte vor ihrer Geschichte gibt. Durch die Genauigkeit, mit der sie die Erzählungen von Generation zu Generation weitergeben, erkennen sie, dass die Geschichte (das was war), der Gegenwart (dem was ist), Bedeutung und Zusammenhang gibt.

Tolkiens Fantasiewelt ist wie unsere reale Welt eine, in der das Gute danach strebt zu beschützen und zu erhalten, während das Böse versucht zu zerstören und zu beherrschen. Seine Figuren wissen, dass hinter der größer werdenden dunklen Wolke der Unterdrückung einer lauert, der Vergeltung für vergangene Demütigung sucht. In mehreren beunruhigenden Szenen wird der bösartige Sauron beschrieben und zeigt viele diabolische Wesenszüge, welche Satan widerzuspiegeln scheinen.

Der Herr der Ringe ist eine Erzählung von Erlösung, in der die Hauptfiguren feige Selbstbewahrung überwinden, um zu Beispielen heroischer Selbstaufopferung zu werden. Ihr Mut spiegelt die größte heldenhafte Rettung aller Zeiten wider: Christus, *der sich selbst erniedrigte und gehorsam wurde bis zum Tod, ja, zum Tod am Kreuz.* (Philipper 2,8)

Diese und andere Themen in Tolkiens fiktionaler Geschichte reflektieren, was wir von der einen wahren Geschichte wissen.

Mit Tolkiens Worten: »Die Evangelien enthalten eine Erzählung umfassenderer Art, die all das Wesentliche eines Märchens beinhaltet. Sie enthalten Wunder, besonders schön und bewegend: mythisch in ihrer vollendeten, unabhängigen Bedeutung. ... Aber diese Erzählung ist Geschichte und in der wirklichen Welt. ... Diese Erzählung ist das Höchste und sie ist wahr. Kunst wurde zur Wahrheit. Gott ist der Herr der Engel und der Menschen – und der Elben.«[2] Dieses Verständnis von Realität ist es, was den *Herrn der Ringe* zu einer der größten Fantasiegeschichten aller Zeiten macht.

Wir haben dieses Buch geschrieben, um Hilfestellung zu geben, die reiche Struktur der Fantasiewelt Tolkiens als eine Art christlichen Weltverstehens zu begreifen. Jede Reflektion beginnt mit einer Szene oder einem Thema des Abenteuers, die eine Wahrheit oder Einsicht für unser heutiges Leben aufzeigt. In der Annahme, dass der Leser mit der gesamten Triologie vertraut ist, wurden die untersuchten Konzepte bearbeitet, um die Erfahrung der ganzen Erzählung zu bereichern und nicht, um sie zu ersetzen.

Wir nehmen für uns nicht in Anspruch, die Gedankenwelt von J. R. R. Tolkien jenseits dessen zu kennen, was er entschied, uns durch Briefe und andere Schriften mitzuteilen. *Der Herr der Ringe* ist nicht, wie manche es angedeutet haben, eine verdeckte Version des Evangeliums. Tolkien hat diese Vorstellung eindeutig verneint. Wir dürfen uns diesem wunderbaren Abenteuer nicht als etwas nähern, was es niemals hatte sein sollen. Ich stimme Clyde Kilby zu, der sagte, dass »kein wahrer Liebhaber der Tolkienschen Erzählungen es wünschen würde, diese in Predigten verwandelt zu sehen, und wenn sie noch so gut gepredigt würden«.[3] Tolkien erzählte eine Geschichte. Sein christlicher Standpunkt zeigt sich von selbst.

Es soll nicht unser Ziel sein, Tolkiens Intentionen zu erklären, sondern eher die Schlussfolgerung seiner Vorstellungskraft zu erkunden, einer Vorstellungskraft, die nicht anders konnte als christliche Themen widerzuspiegeln. Tolkien beschreibt in diesem Zusammenhang seine Erzählung als ein grundsätzlich religiöses Werk, das aus seinem eigenen Glaubensweg erwächst. [4] Jede künstlerische Leistung war, wie Tolkien glaubte, ein Teil von ihm, und darum wurde auch sein Glaube Teil dessen, was er schuf.

Mit dieser Verzichtserklärung lade ich Sie ein, nachzudenken über die christlichen Themen, die sich überall im *Herrn der Ringe* finden. Möge die Fantasie, die Tolkien schuf, uns mit den Wahrheiten, an die er glaubte, inspirieren.

Kurt Bruner

EINE TIEFE SEHNSUCHT

Die Welt war jung, die Gipfel frei
Zu jener Zeit, die längst vorbei.
(Gimlis Lied – 2. Buch, Kapitel 4)

Unter den Gefährten des Ringes gibt es eine tiefe Sehnsucht, ein unausgesprochenes Wünschen nach etwas Verlorenem. Niemand hat es in seinem Leben kennen gelernt. Nur wenige können die Erzählungen von seiner Großartigkeit wiedergeben. Doch alle wünschen sich seine Entdeckung und erhoffen sich einen Part in seiner Wiederherstellung.

Während ihres gesamten Abenteuers zitieren die Figuren von Bilbo bis hin zu Baumbart Verse dessen, von dem sie ahnen, dass es eine Dichtung ist, zu der sie selbst gehören: Eine Erzählung, in der ihr Leben irgendwie eine Rolle spielt. Jedes Lied scheint nur ein Teil einer riesigen Symphonie zu sein, die von einem allwissenden Komponisten geschrieben und dirigiert wird. Aber, wie der Refrain von Gimli zeigt, ist etwas verkehrt. Ein Teil der Harmonien ist nicht korrekt – wie ein falscher Ton, der sich in eine süße Melodie eingeschlichen hat und eine Auflösung nicht zulässt.

Die Mittelerde ist in ihrem dritten Zeitalter, als die Abenteuer der Gefährten beginnen. Diese Welt hat einen nicht unerheblichen Teil an Historie, wie sich aus den Lebenden der Alten Tage erkennen lässt. Elben, Zwerge, Menschen und Hobbits wissen alle, dass ihre Geschichte der derzeitigen Situation vorangeht, erhalten und weitergegeben in Erzählungen alter Sagen. Gimlis Refrain erzählt von dem Leben »vor dem Fall«, als die geliebte Heimat seiner Zwergenvorfahren voller Reichtum und Licht war, und nicht voller Finsternis und Vorahnungen, wie es jetzt leider ist. Gimlis Herz verzehrt sich nach der vergangenen Herrlichkeit, als sein Volk bessere Zeiten kannte, vor dem Fall ihrer gesegneten Ländereien.

Ein sehnendes Herz passt hierher. Die Weisen wissen, dass vor der zählbaren Zeit eine Rebellion geschah, die Bosheit in ihre Welt und einen Missklang in die Musik des Lebens brachte. Diese Rebellion war die treibende Kraft hinter dem Gesang des Dunklen Herrschers, der nun in den Märschen der Orks und in den Bewegungen der finsteren Reiter ertönt. Erweckt durch die leiser werdenden Töne von Schönheit, Ehre und Güte hoffen die Bewohner der Mittelerde, während sie hartnäckig ihren Weg durch den lauten Lärm des Bösen gehen, auf den Tag, an dem wieder alles gut sein wird.

Sie und ich, wir sehnen uns wie Gimli und die anderen in Tolkiens Welt nach der guten Zeit. Irgendwie wissen wir, dass unsere Welt weniger ist, als was sie sein sollte. Und wir hoffen, dass sie eines Tages wieder in Ordnung gebracht wird. Kurz, wir sehnen uns nach dem Guten, das vor »dem Sündenfall« existierte.

Warum finden wir es so schwierig die Welt zu akzeptieren, wie sie ist? Sind wir bloß unzufrieden oder arbeitet da etwas Tiefergehendes in unseren Herzen? C. S. Lewis glaubte, dass unser Bedürfnis nach etwas Besserem eine Geschenk sei, eine Art und Weise, uns an das zu erinnern, was wir verloren haben und was wir erhoffen wiederzugewinnen.

»Geschöpfe werden mit Sehnsüchten geboren, damit diese gestillt werden können«, erklärt Lewis. »Kein Geschöpf wird mit Wünschen und Bedürfnissen geboren, für die es keine Befriedigung gibt. Ein Säugling hat Hunger und er bekommt sein Fläschchen. Eine Ente will schwimmen und geht ins Wasser. Menschen empfinden sexuelles Verlangen, und es gibt die geschlechtliche Vereinigung. Wenn wir nun in uns ein Bedürfnis entdecken, das durch nichts in dieser Welt gestillt werden kann, dann können wir doch daraus schließen, dass wir für eine andere Welt geschaffen wurden.« [5]

Was ist es, das unser Verlangen weckt? Einfach gesagt, ist es Güte. Wir wünschen uns die Art allumfassender Güte, die wir niemals kennen gelernt haben, die jedoch einmal existierte und eines Tages wiederhergestellt werden wird.

Wir leben in einer intakten Welt. Tod, Schmerz, Krankheit und Leid waren ursprünglich nicht Teil der Melodie des Lebens. Diese Missklänge wurden eingeführt, als unsere Rasse sich von der Versuchung ködern ließ und von seiner ehemaligen Herrlichkeit abfiel. Es gab einmal einen Zeitpunkt, da hatten die Menschen die Wahl. Wir hatten die gute Melodie des großen Komponisten singen oder der disharmonischen Melodie seines Feindes folgen können. Wir wählten Letzteres. Und als wir das Gute, das Gott ist, ablehnten, umarmten wir das Böse, das Er nicht ist.

Das Böse kam in die Welt Tolkiens vor der Dämmerung der Zeit. Diese Geschichte, in den ersten Seiten des *Silmarillion* erzählt, bereitet die Bühne für Entscheidungen vor, die von jenen gemacht wurden, die Mittelerde nicht erben würden. Es beginnt mit Ilúvatar, dem Schöpfer aller Dinge. Seine ersten Geschöpfe waren Ainure, engelhafte Wesen, die als »Kinder seiner Gedanken« beschrieben werden. Jedem Ainur wurde von Ilúvatar ein Musikthema zugewiesen, das er zu seiner Ehre und Freude singen sollte.

> Dann sagte Ilúvatar zu ihnen: »Aus dem Thema, das ich euch gewiesen, machet nun in Harmonie gemeinsam eine Große Musik. ... so zeiget eure Kräfte und führet mir dies Thema aus, ein jeder nach seiner Art und Kunst, wie's ihm beliebt. Ich aber will sitzen und zuhören und mich darüber freuen, dass durch euch solche Schönheit zum Liede erwacht.«[6]

Die Schönheit ihrer Musik ist das, wonach alle Schöpfung sich sehnt. Es ist der ursprüngliche Refrain, den »die Morgensterne miteinander jubelten und alle Söhne Gottes jauchzten«, wie es einem leidenden Hiob (Hiob 38,7) enthüllt wurde. Es ist die wahre Melodie, das »Gute«, das einst war. Es ist die Erde, wie sie vor der Geburt des Bösen gedacht gewesen war. Die Geschichte geht weiter:

> Doch Ilúvatar saß und lauschte, und lange schien es ihm, dass es gut sei, denn die Musik war ohne Fehl. Wie aber das Thema weiterging, kam es Melkor in den Sinn, Töne einzuflechten, die er selbst erdacht hatte und die nicht zu Ilúvatars Thema passten, denn er strebte nach mehr Glanz und Macht für die ihm zugedachte Melodie. [7]

Traurigerweise vergrößerte sich der Ton von Melkors bösem Thema, als einige »anfingen, ihre Musik mehr mit seinem Gedanken abzustimmen als mit dem, den sie zuerst hatten«.

Selten wurden anmutigere Worte geschrieben, um die christliche Vorstellungen von Satans Revolte und seiner unmittelbaren Auswirkung auf Gottes Schöpfung widerzuspiegeln. Tolkiens Welt kennt wie die unsrige die Dissonanz einer feindlichen Melodie. Sie kennt den unstillbaren Appetit einer Rebellion, die danach strebt, das Gute, was rechterweise herrschen sollte, zu zerstören.

Tolkien sah unsere Welt als weder vollkommen falsch noch als vollkommen richtig an, sondern als etwas Gutes, das verletzt worden ist, eine verderbte Schönheit. Er erkannte, dass der einzige Weg, die Gegenwart zu verstehen, darin liegt, sie in dem Zusammenhang dessen zu sehen, was vor und jenseits der Zeit geschah.

Obwohl unsere Welt eine gebrochene ist, gibt es eine gute Nachricht: Es wird nicht immer so bleiben. Die Geschichte der Geschichte, wie die der Mittelerde, bewegt sich auf eine letztendliche Erlösung zu. Selbst das, was das Gute zu zerstören sucht, wird schließlich eine Rolle bei ihrer Wiederherstellung spielen. Wie Ilúvatar vorhersah:

> »Und du, Melkor, sollst sehen, kein Thema kann gespielt werden, das nicht in mir seinen tiefsten Grund hätte, noch kann das Lied einer ändern mir zum Trotz. Denn wer dies unternimmt, nur als mein Werkzeug wird er sich erweisen, um Herrlicheres zu schaffen, von dem er selbst nichts geahnt.« [8]

Und so schafft Ilúvatar, nach dem Muster des biblischen Jahwe, ein Drama, das auf der Bühne der Zeit gespielt wird. Seine Geschichte wird das sichtbare Ergebnis der Engelchöre sein, das Lied eines einfachen Hobbits und der Misston eines bösen Rebellen miteingeschlossen. Und irgendwie wird Ersteres den Letzteren auflösen.

ZUM NACHDENKEN

Unsere Herzen sehnen sich nach dem Guten, das Gott ist.

KURZE ERZÄHLUNG

»Vielleicht finde ich sogar einen Ort,
wo ich mein Buch zu Ende schreiben kann.
Ich habe mir schon einen hübschen Schluss ausgedacht:
Und er lebte glücklich und zufrieden bis an das Ende seiner Tage.«
(Bilbo zu Gandalf – 1. Buch, Kapitel 1)

Es wurde Zeit. Bilbo Beutlin von Beutelsend musste das Auenland verlassen. Doch es lag nicht in seiner Art, sich unbemerkt im Schutze der Dunkelheit fortzuschleichen. Schließlich war Bilbo in dieser Region berühmt. Ein stiller Abgang tat es einfach nicht. Es sollte eine Party sein, eine Feier von Bilbos Leben am Vorabend seines Verschwindens. Und welche Gelegenheit wäre besser als sein 111ter Geburtstag? Einladungen wurden verschickt und angenommen und Bilbo war Gastgeber der größten Gala, die je unter dem einfachen Volk von Hobbingen stattgefunden hatte.

Es gab viel zu feiern. Schließlich war es recht ungewöhnlich für einen Hobbit, so ein langes und gesundes Leben zu haben wie Bilbo von Beutelsend. Aus einem geheimnisvollen Grunde war er seit seinem fünfzigsten Lebensjahr kaum einen Tag gealtert. Wenn auch die Zeit ihre unfreundlichen Spuren bei jedem anderen hinterlassen hatte, Bilbo blieb eine unerklärliche Jugendfrische zu eigen, seitdem er nach Hobbingen zurückgekehrt war. Vielleicht hatte das Abenteuer seiner jüngeren Tage mehr mit sich gebracht als bloßen Reichtum.

Sein Auftrag war für Bilbo Beutlin sicherlich Grund genug, diese wunderbare Geschichte zu erzählen, eine Geschichte, die er dann auch in seinem Buch niedergeschrieben hat. Ob viele jemals das Buch lesen würden, war für Bilbo nicht von Wichtigkeit. Er fühlte nur die Notwendigkeit sie festzuhalten, damit die kommenden Generationen wüssten, was mit ihm und durch ihn geschehen war. Gandalf, der Zauberer, hatte ihn gebeten, ein großes Abenteuer zu unternehmen, dabei hatte Bilbo den magischen Ring bekommen. Obwohl er nicht all dessen Kräfte verstand, wusste er, dass der Ring von großer Bedeutung war. Getragen machte der Ring ihn unsichtbar, was sehr nützlich war, wenn man gegen Riesenspinnen kämpfte oder gefangene Krieger befreite. Und er würde wieder von großem Nutzen sein, wenn Bilbo mit Stil aus dem Auenland verschwände. Das tat er dann auch buchstäblich. Am Ende seiner Rede, seinen Zuhörern dankend und ihnen Lebewohl sagend, verschwindet Bilbo Beutlin. Er streifte den magischen Ring über und verschwand einfach. Diesen Trick und das lebhafte Gespräch, das er hervorrief, genoß er zutiefst.

Nach diesem Spaß und mit Gandalf zusammen, der ihm mit Rat und Führung zur Seite steht, weiß Bilbo, dass die letzten Seiten seines Kapitels aufgeschlagen sind. Nachdem er das Vermögen der Beutlin und den magischen Ring seinem jungen Neffen Frodo anvertraut hat, ist es Zeit zu gehen.

Er freut sich auf die Zeit, die er nun haben wird, um sein Buch zu beenden. Eine Erzählung, von der Bilbo hofft, dass sie »glücklich und zufrieden bis zum Ende seiner Tage« weitergehen wird. Aber niemand weiß es. Vergangene Abenteuer haben ihn gelehrt, dass die Szenen seines Lebens zu einer viel größeren Geschichte als der seinen, gehören. Und während Bilbo die Hauptfigur seiner Erzählung sein mag, ist er dennoch nicht ihr Urheber.

»Es war einmal«, da verstanden wir unser Leben als einen Teil einer großen Erzählung, die von dem göttlichen Autor der Geschichte geschrieben wurde. Doch ein finsteres Sehnen nach Autonomie und ein alles verneinender Stoß von Denkern wie Nietzsche schubste uns über den Rand der Vernunft. Gott, der allwissende Dramatiker, wurde für tot erklärt. Nun weiß niemand mehr die Handlung des epischen Dramas, in dem wir uns befinden, sondern wir verbleiben in miteinander konkurrierenden kleinen Geschichten stecken, ohne die übergreifende Erzählung, die die willkürlich erscheinenden Erfahrungen des Lebens erklärt und umrahmt.

Wir müssen dem ins Auge sehen. Wir wünschen uns alle, dass wir die Szenen unserer eigenen Geschichte schreiben könnten. Wie Bilbo Beutlin wollen wir am Ende lesen, dass »er glücklich und zufrieden bis ans Ende seiner Tage lebte«. Aber tief in uns wissen wir, dass wir nicht die Verfasser der Geschehnisse sind, die unser Leben formen. Bilbo verlangte nicht nach der Einladung zum Abenteuer, das seine außerordentliche Erzählung von Risiko und Belohnung begründete, und nahm sie auch nur widerwillig an. Wie sich Gandalf gegenüber Bilbo in der letzten Unterhaltung von »*Der Hobbit*« ausdrückte, wurde sein Auftrag von einem anderen in einer höheren Absicht dirigiert.

> »Natürlich!«, entgegnete Gandalf. »Und warum sollten sie nicht eingetroffen sein? Zweifelt Ihr nur deshalb an den Prophezeiungen, weil Ihr tatkräftig mitgewirkt habt, dass sie in Erfüllung gingen? Ihr glaubt doch nicht etwa, es sei reiner Zufall gewesen, dass Ihr all die Abenteuer bestanden habt und all den Gefahren entkommen seid und dass all das einzig zu Eurem eigenen Nutzen geschehen ist? Ihr seid ein prächtiger Kerl, Herr Beutlin, und ich habe Euch sehr gern. Aber schließlich seid Ihr doch nur ein kleines Pünktchen in einer sehr großen Welt.« »Gott sei Dank!«, sagte Bilbo lachend und reichte ihm die Tabakdose.[9]

Bilbos Abenteuer war Teil einer viel größeren Geschichte, die lange vor seinem ersten Atemzug begann und auch noch weit über seinen letzten dauern hinaus wird. Diese Erkenntnis erhebt eher die Wichtigkeit seiner Rolle, als sie zu verkleinern. Doch dies konnte nur geschehen, wenn Herr Beutlin ehrlich und demütig genug war, eine wichtige Wahrheit anzuerkennen: dass die große Rolle, die er in seiner kleinen Geschichte spielte, nur eine kleine Rolle in der großen Geschichte war.

»Meine Zunge sei wie der Griffel eines geschickten Schreibers!« schreibt der Psalmist in Psalm 45, Vers 2, und drückt damit eine Realität wunderbar aus, die Bilbo lernte und an der wir gut täten, sie wieder zu entdecken. Bilbo wusste, dass er nicht der Verfasser, sondern das Instrument war. Der Stift wird nicht hochmütig oder stolz auf das, was geschrieben wird. Er fühlt sich geehrt, überhaupt eine Rolle in dem schöpferischen Akt gespielt zu haben. Es geschieht dann, wenn wir darum kämpfen, etwas in die eigene Hand zu nehmen und den Absichten des Verfassers zu widerstehen, dass wir die erzählte Geschichte verunstalten. Stolz ist mit nichts weniger zufrieden als mit der Hauptrolle. Er verlangt stets nach mehr, versucht seine eigene Erzählung zu schreiben. Das demütige Herz jedoch sieht das Leben aus einer anderen Sicht. Es bedenkt die Warnung: »Gott widersteht den Hochmütigen, den Demütigen aber gibt er Gnade« (Jakobus 4,6).

Es hört auf die Ermahnung: »Demütigt euch nun unter die mächtige Hand Gottes ...«.

Und es erntet die Segnungen: »... damit er euch erhöhe zur rechten Zeit« (1. Petrus 5,5-6).

Daher hilft uns – sowohl den Hobbits wie auch den Menschen – die Erkenntnis, dass unsere kleinen Geschichten einem übergeordneten Ziel dienen, welches gewöhnliche Kleinigkeiten des Alltags in Szenen eines außergewöhnlichen Abenteuers verwandelt! Und gibt es einen besseren Weg für unser »es war einmal«, als dessen letztendliches »glücklich bis ans Ende« zu entdecken?

ZUM NACHDENKEN

Die Szenen unseres Lebens dienen einer größeren Geschichte als der unsrigen.

DIE BERUFUNG

»Was für ein Ring! …
Wie in aller Welt ist er bloß an mich gekommen?«
(Frodo zu Gandalf – Buch 1, Kapitel 2)

Frodo überlegte, dass es seinem Onkel Bilbo genauso ergangen war. Nun, vielleicht nicht auf die gleiche Art, aber die Ähnlichkeiten waren schon verblüffend. Er hatte die Geschichte schon viele Male von dem alten Hobbit selbst gehört: Bilbo hatte eines schönen Morgens vor seiner runden grünen Tür gestanden, genüsslich seine Pfeife geraucht und sich um seine Angelegenheiten gekümmert, als Gandalf vorbeikam. Und das Ergebnis? Der gesetzte, gutmütige, gemütliche Bilbo tat schließlich undenkbare Dinge, Dinge, von denen kein vernünftiger, respektabler Beutlin jemals träumen würde, geschweige denn tun. Ein Tuk, vielleicht. Aber ein Beutlin? Niemals.

Und nun war dieser Gandalf wieder in Beutelsend. Er saß vor dem Feuer in Frodos Arbeitszimmer, machte Ringe aus Rauch, beobachtete ihn aus zusammengekniffenen, schwerlidrigen, mit buschigen Brauen bedeckten Augen und wartete. Wartete auf Frodos Antwort.

Frodo spielte mit dem Ring, der am Ende einer Kette in seiner Tasche steckte. Er fühlte sich schwer an, schwerer als ein kleiner Goldreif sein sollte, schwerer sogar als noch vor einer halben Stunde. Er blickte in die sterbende Glut und schauderte über das, was Gandalf ihm gerade über diesen schrecklichen Ring erzählt hatte. Der Eine Ring. Der Ring der Macht. Lange verloren geglaubt, nun ernstlich und verzweifelt von seinem Schöpfer, dem gefürchteten Finsteren Herrn, gesucht. Der Ring, der jeden und alles zu beherrschen und Mittelerde für immer zu verändern drohte. Der Ring, der irgendwie in Frodos Tasche gekommen war.

Es gibt nur einen Weg, hörte er Gandalf erneut sagen. Einen Weg, das Auenland zu retten. Einen Weg, den Ring zu zerstören, bevor Sauron ihn bekam und ihn für seine Zwecke gebrauchen konnte: Frodo musste den Berg Orodruin im finsteren Land von Modor finden, um den verfluchten Ring in die Schicksalsklüfte zu werfen. Aber wie sollte er – ein einfacher Hobbit des Auenlandes – *das* schaffen?

Nicht dass Frodo ein Stubenhocker gewesen wäre. Schon oft hatte er von Reisen geträumt. Er wollte Abenteuer wie die vom alten Onkel Bilbo erleben. Wie bei Bilbo steckte mehr von den Tuks als von den Beutlin in ihm. Darum redeten die Schwätzer in den Wirtshäusern von den beiden als »übergeschnappt«. Frodo war für seine Unbrauchbarkeit berüchtigt. Bilder von schönen, freien Wanderungen und idyllischen Spaziergängen nahmen seine Gedanken in jeder freien Minute in Anspruch. Wie oft hatte er sich vorgestellt, lange ziellose Reisen durch endlose Wälder zu machen, durch berühmte Flüsse in sternklaren Nächten zu waten, sich mit Elben zu unterhalten.

Aber dies! Dies war etwas völlig anderes. Er war nicht für gefährliche Aufträge gemacht. Er hatte nicht damit gerechnet, sein Leben in seine Hände zu nehmen und von Gefahr zu Gefahr zu fliehen. Und darüber hinaus hatte er nicht geplant, die Last der Welt in seiner Westentasche zu tragen. Nun wünschte er sich, er hätte diesen fürchterlichen Ring niemals gesehen! Warum er? Warum sollte er ausgesucht worden sein, solch einen Auftrag zu übernehmen? Als er diese Frage stellte, hatte er eine höchst unzureichende Antwort von dem unergründlichen Zauberer bekommen: *Gewiss nicht wegen irgendwelcher Verdienste, die du anderen voraushättest, jedenfalls nicht wegen deiner Macht oder Weisheit.*

»Nun!«, sagte Gandalf, endlich aufschauend. »Hast du entschieden, was du tun wirst?«

Jedes Abenteuer hat einen Anfang. Unglücklicherweise ist der Anfang nicht immer angenehm. Es ähnelt eher einem groben

Geweckterden. Es gleicht einem Stoß, einem Stich, einem Schubs, einem Eimer mit eiskaltem Wasser ins Gesicht. Es ist etwas, mit dem man am allerwenigsten rechnet. Die Worte, die man niemals hören wollte. Und so geschah es meistens mit jenen, die sich im Abenteuer der Nachfolge des lebendigen Christus wiederfanden.

> Als er aber am See von Galiläa entlangging, sah er zwei Brüder: Simon, genannt Petrus, und Andreas, seinen Bruder, die ein Netz in den See warfen, denn sie waren Fischer. Und er spricht zu ihnen: Kommt, mir nach! Und ich werde euch zu Menschenfischern machen. Sie aber verließen sogleich die Netze und folgten ihm nach. (Matthäus 4,18-20)

Menschenfischer? Das hatten sie nicht erwartet, als sie sich morgens aus dem Bett rollten, sich raue, handgesponnene Hemden überzogen und zum Seeufer hinunterstolperten, um an den stets gerissenen Netzen zu arbeiten. Fische fangen, ja, damit konnten sie etwas anfangen. Aber Menschen fischen? Was bedeutete das überhaupt? Das gehörte absolut nicht zu ihrem »Berufsbild« des Fischers.

> Und als er vorüberging, sah er Levi, den Sohn des Alphäus, am Zollhaus sitzen. Und er spricht zu ihm: Folge mir nach! Und er stand auf und folgte ihm nach. (Markus 2,14)

Das war wie ein Blitz aus heiterem Himmel, unerwartet und absolut unvorhersehbar. Stellen Sie sich vor, was in Levis Gedanken vorgegangen sein muss, als er seinen Kopf bei diesen einschneidenden Worten umwandte: *Spricht er mit jemand anderem?*

> Und als er an den Ort kam, sah Jesus auf und erblickte ihn und sprach zu ihm: Zachäus, steig eilends herab! Denn heute muss ich in deinem Haus bleiben. (Lukas 19,5)

Er hatte den Baum aus reiner Neugier erklommen, nur um die Menge vorbeigehen zu sehen, und plötzlich findet sich Zachäus am Ende eines auf ihn gerichteten Fingers wieder – eines anklagenden Fingers, eines vergebenden Fingers, eines deutlichen, nicht zu entfliehenden, Uncle-Sam-»ICH-WILL-DICH«-Fingers. Und er kam herunter. (Glücklicherweise fiel er nicht herunter!)

Dann war da natürlich noch Nathanael, der Skeptiker. Er hatte unter einem Feigenbaum gesessen und in seinen Bart gelacht – »Ha! Ein Messias? Aus *Nazareth*? Mach mal Pause!« – als ihm auf die Schulter geklopft wurde. »Hier«, sagte Jesus, »ist ein wahrer Israelit, in dem kein Trug ist!« Nathanael musste wahrscheinlich zweimal hinschauen. »Woher kennst du mich?« (Johannes 1,46-48)

Rustikale Fischer als Botschafter für den König des Universums? Ein windiger, geldgieriger Zolleintreiber als Apostel des Evangeliums der Gerechtigkeit? Ein Zyniker als Herold der Wahrheit? Warum gerade diese? Man fragt sich, ob diese merkwürdigen Kandidaten für die Herrlichkeit, ebenso unwahrscheinlich wie ein raufüßiger Halbling, der entschieden und heldenhaft die Straße nach Modor hinabtrottet, an die Worte von Moses, Gideon und Jeremia dachten, als sie dem Herrn, ihrem Gott gegenüberstanden. Er aber erwiderte: »Ach, Herr! Sende doch, durch wen du senden willst!« (2. Mose 4,13); »Bitte, mein Herr, womit soll ich Israel retten? Siehe, meine Tausendschaft ist die Geringste in Manasse, und ich bin der Jüngste im Haus meines Vaters« (Richter 6,15); »Ach, Herr, HERR! Siehe, ich verstehe nicht zu reden, denn ich bin zu jung« (Jeremia 1,6).

In jedem Fall gab es Widerstand, Widerwillen, Protest. In jedem Fall versuchte der Erwählte sich zu drücken. Aber in jedem Fall war die endgültige Antwort: »Sie verließen ihre Netze und folgten ihm nach.« Levi erhob sich und folgte ihm. »Nathanael erklärte: ›Lehrer, du bist der Sohn Gottes, du bist der König Israels.‹«

Es spricht Bände über die unwiderstehliche Kraft, die unentrinnbare Anziehungskraft, die einnehmende, bezwingende Persönlichkeit des Einen, der den Ruf: »Komm, folge mir nach (zum Abenteuer)!« aussprach.

Ebenso erging es Frodo. Als er das Gewicht des Ringes auf der Fläche seiner kleinen Hand spürte, als er innerlich zitterte und in die glühende Kohle starrte und sich die sagenhaften Feuer von Orodruin vorstellte, dämmerte es ihm, dass, trotz der Gefahr, trotz des Schreckens, trotz der undenkbaren Anstrengungen und Schmerzen, die es mit sich bringen würde, es einfach keine andere Wahl gab. Und wenn er sich auch »sehr klein und sehr entwurzelt und verzweifelt« fühlte, wusste er, dass er gehen musste.

Was ist mit Ihnen. Haben Sie sich entschieden, was zu tun ist?

ZUM NACHDENKEN

Der Ruf, Christus zu folgen, ist ein Ruf ins Abenteuer – ungelegen, gebieterisch und unwiderstehlich.

BÖSE ABSICHTEN

»Aber wir müssen etwas tun, bald. Der Feind schläft nicht.«
(Gandalf zu Frodo – 1. Buch, Kapitel 1)

Es war dem Auenland schon lange nicht mehr so gut gegangen. Viele Jahre waren seit dem Verschwinden von Herrn Bilbo Beutlin vergangen, ein Ereignis, das unter den Bewohnern von Hobbingen im Auenland legendär geworden war. Aber Normalität war wieder in den Alltag eingekehrt, und wenige maßen solch seltsamen Dingen noch größere Bedeutung zu.

Bilbos Neffe Frodo hatte den magischen Ring von seinem fortgehenden Onkel erhalten. Schon vor Jahren von Gandalf vor dem Gebrauch des Ringes gewarnt, wusste er von dessen mystischen Kräften und Gefahren. Allein die bloße Gegenwart des Ringes barg ein bedrohliches Gefühl unwillkommenen Schicksals für Frodo Beutlin. Seit kurzem gehörten zu diesem Gefühl Neuigkeiten, die auf aufkommenden Ärger hinwiesen. Es gab viele Zeichen: Elben, die durch das Auenland wanderten und ihre Heimat für immer verlassen hatten, Gerüchte von befremdlichen Ereignissen jenseits der friedlichen Grenzen des Auenlandes und flüchtige Zwerge, die westwärts flohen und von einem Feind flüsterten, der sich aus dem Lande Modor erhob. Es lag Veränderung in der Luft, die nicht zum Guten war.

Aber Frodo wusste nichts von den Einzelheiten, bis Gandalf nach Jahren der Abwesenheit wiederkam. Schwierigkeiten waren im Anzug und sie waren auf Frodo gerichtet. Genauer gesagt, wurden sie von dem angezogen, was er bei sich trug. Wie Gandalf erklärte, war der Ring, den Bilbo bekommen und an Frodo weitergegeben hatte, jener Ring, von dem altertümliche Lieder und Sagen erzählten. Es war der Schicksalsring, so mächtig, dass er den finsteren Kräften des Bösen ermöglichen würde, über die gesamte Mittelerde zu herrschen, besäßen sie ihn. Diese finsteren Kräfte hatten in früherer Zeit nur wenig Wissen über oder Interesse an Hobbits. Aber sie waren der Spur des Ringes gefolgt und wussten, dass er im Besitz von Beutlin im Auenland war. Der Feind rückte näher und der Ringträger, Frodo, war das Ziel.

Die wahren Kräfte des Bösen in unserer Welt sind selten wahl- und ziellos. Den einzelnen Amokläufer ausgenommen, zeigt die Geschichte der Menschheit, dass die zerstörerischste Bosheit entschlossen und hinterhältig ist. Gewalttätiger Wahnsinn ist ungefährlicher als diabolische Intelligenz. Während ein gewalttätiger Verrückter Dutzende umbringen könnte, überzeugte ein berechnender Adolf Hitler gewöhnliche Menschen davon, Millionen systematisch zu ermorden.

Das Böse hat eine Absicht. Es zielte auf Frodo Beutlin als ein Mittel zum Zweck. Er besaß einen Gegenstand, den der böse Herrscher Sauron unbedingt haben wollte, einen Gegenstand, der Sauron die Macht gäbe, alle anderen zu versklaven. Sein brennendes Verlangen nach Rache und seine verzehrende Lust nach Herrschaft trieben Sauron dazu, verschiedene Ziele zu verfolgen, um seine letztendliche Absicht zu erreichen. Er befahl nicht, die gesamte Bevölkerung des Auenlandes zu vernichten, er befahl die Verfolgung von Frodo Beutlin, dem Träger des Ringes, durch den er das gesamte Auenland versklaven könnte.

Die christliche Weltanschauung ist weit davon entfernt, naiv in Bezug auf das Böse zu denken. Sie kennt die Existenz und die Natur eines Feindes, der auf unsere Versklavung und schließliche Zerstörung aus ist. So wie es eine Gestalt namens Sauron gibt, der ein Teil einer Verschwörung ist, die die glückliche Welt der Hobbits heimsucht, gibt es einen Abtrünnigen namens Luzifer, dessen berechnende Intrigen in das Leben der Menschen eindringt. Seine Geschichte und seine Absichten wurden uns mitgeteilt.

Wir wissen, dass er einst ein vertrauter Diener im Himmel war.

> Du warst in Eden, dem Garten Gottes; aus Edelsteinen jeder Art war deine Decke: Karneol, Topas und Jaspis, Türkis, Onyx und Jade, Saphir, Rubin und Smaragd; und Arbeit in Gold waren deine Ohrringe und deine Perlen an dir; am Tag, als du geschaffen wurdest, wurden sie bereitet. Du warst ein mit ausgebreiteten Flügeln schirmender Cherub, und ich hatte dich dazu gemacht; du warst auf Gottes heiligem Berg, mitten unter feurigen Steinen gingst du einher. Vollkommen warst du in deinen Wegen von dem Tag an, als du geschaffen wurdest, bis sich Unrecht an dir fand. (Hesekiel 28,13-15)

Wir wissen, dass er eine Rebellion anführte in der Hoffnung, den Thron seines Schöpfers zu besteigen.

> Und du, du sagtest in deinem Herzen: »Zum Himmel will ich hinaufsteigen, hoch über den Sternen Gottes meinen Thron aufrichten und mich niedersetzen auf den Versammlungsberg im äußersten Norden. Ich will hinaufsteigen auf Wolkenhöhen, dem Höchsten mich gleich machen.« (Jesaja 14,13-14)

Wir wissen, dass er besiegt und aufgrund seines irrsinnigen Stolzes aus dem Himmel verbannt wurde.

> Durch die Menge deines Handels fülltest du dein Inneres mit Gewalttat und sündigtest. Und ich verstieß dich vom Berg Gottes und trieb dich ins Verderben, du schirmender Cherub, aus der Mitte der feurigen Steine. (Hesekiel 28,16)

> Er sprach aber zu ihnen: Ich schaute den Satan wie einen Blitz vom Himmel fallen. (Lukas 10,18)

Wir wissen, dass er sich rächt, indem er Gottes geliebte Kinder versklavt und zerstört – und dass wir, wie Frodo, uns nicht den Luxus der Selbstzufriedenheit leisten können.

> Seid nüchtern, wacht! Euer Widersacher, der Teufel, geht umher wie ein brüllender Löwe und sucht, wen er verschlingen kann. (1. Petrus 5,8)

> Zieht die ganze Waffenrüstung Gottes an, damit ihr gegen die Listen des Teufels bestehen könnt! Denn unser Kampf ist nicht gegen Fleisch und Blut, sondern gegen die Gewalten, gegen die Mächte, gegen die Weltbeherrscher dieser Finsternis, gegen die geistigen Mächte der Bosheit in der Himmelswelt. (Epheser 6,11-12)

Luzifer, die personale Kraft hinter dem zerstörerischen Bösen in unserer Welt, hat eine klare Absicht, was seinen Plan nach Rache und Herrschaft betrifft. Daher sollten wir wachsam sein und uns darauf vorbereiten, Hindernisse zu überwinden, denen wir ganz sicher während des großen Abenteuers unseres Glaubenslebens begegnen werden.

ZUM NACHDENKEN

Das Böse ist weder passiv noch selbstgefällig. Es ist eine personale Kraft und fest entschlossen, unser Leben zu beherrschen.

WEISER RAT

»Sei vorsichtig mit dem Ring, Frodo.«
(Gandalf zu Frodo – 1. Buch, Kapitel 1)

Frodo Beutlin war der Ringträger geworden, eine Last, die er von seinem längst fortgegangenen Onkel ererbt hatte. Ohne viel Wissen über dessen Ursprung oder Kraft empfand Frodo den Ring als ein sehr geheimnisvolles Ding, das Gutes oder Schlimmes bringen konnte. Aber eines war sicher: Er musste vorsichtig behandelt werden. Schließlich hatte doch sogar Gandalf vor seinem Gebrauch gewarnt.

Frodo war noch ein relativ junger Hobbit, als er auf den Rat von Gandalf zu hören begann. Ein Grund war die Bekundung von großem Respekt und Angst vor dem Ring seitens des weisen Zauberers, der mehr als andere von dessen Wichtigkeit wahrnahm. Daher unterdrückte Frodo entgegen der natürlichen Neigung der Jugend seinen Wunsch, die Kräfte zu erkunden. Stattdessen hielt er ihn sicher versteckt und ungetragen, bis viele Jahre später bei einem weiteren Treffen mit Gandalf er wie sein Onkel Bilbo zu seinem eigenen großen Abenteuer berufen wurde.

Die Weisheit Gandalfs wurde zu einer wichtigen Führungsquelle für Frodos gesamtes Leben. Von einer beunruhigenden Unterhaltung kurz nach dem Verschwinden von Bilbo bis zu Entscheidungen über Leben und Tod im Angesicht der Kräfte der Finsternis erhält Frodo große Einsicht, wann immer er auf seinen Freund, Ratgeber und Lehrer hört – Einsicht, die er vermissen würde, hätte er der jugendlichen Arroganz oder der stolzen Selbstzufriedenheit erlaubt, Oberhand zu bekommen über die Bereitschaft, von dem Weiseren zu lernen, der so viel mehr Einsicht hatte als Frodo.

Neben Gandalf gab es auch noch andere so wie Aragorn. Auch als Streicher bekannt, wurde Aragorn ein treuer Führer auf trügerischen Reisen. Frodos engste Gefährten trauten diesem hageren Waldläufer zunächst nicht. Aber Frodo schaute tiefer und erhielt reichen Lohn. Und dann war da noch der große Elrond, Ratgeber der Weisen, der allen, die auf der Seite des Guten standen, Zuflucht und Leitung gewährte. Es gab noch Galadriel, die Herrin von Lórien, deren durchdringender Blick und deren Ermahnung die tiefsten Absichten von Frodos Herz prüften. Die gesammelte Weisheit dieser und anderer gab Frodo die Richtung, die er bei einem solchen Auftrag benötigte, einem Auftrag, der diesem einfachen Hobbit einen Platz unter den größten Helden in der Geschichte der Mittelerde einräumte.

Jeder, der bereit ist, seine Unwissenheit zuzugeben, kann weise werden. Nur wenn wir uns demütigen, indem wir zugeben, dass wir nicht alles wissen, sind wir fähig, von anderen zu lernen. Und von anderen zu lernen, ist die beste Fähigkeit des wahren Weisen.

Sokrates wurde als der Vater der Philosophie bezeichnet; ein Mann, dessen Suche nach Weisheit ihn völlig in Anspruch nahm. Nach den Schriften seines Schülers und Biographen, Plato, wurde Sokrates durch die Erkenntnis seiner eigenen Unwissenheit weise. Tatsache ist, dass seine stärkste Kritik den Menschen galt, die sich selbst als zu weise erachteten, um von anderen zu lernen. »Obwohl ich nicht annehme, dass keiner von uns etwas wirklich Schönes oder Gutes kennt«, sagte Sokrates, »bin ich dennoch besser dran, – denn er weiß nichts, meint aber, dass er etwas wisse; ich weiß weder etwas, noch denke ich, dass ich etwas weiß.«[10] Sein Lehransatz war einfach: Stelle den anderen Fragen! Manchmal deckte er dann auf, dass jene, die sich für weise hielten, Narren waren. – Allein durch das Zuhören lernt man viel.

Frodo behauptete nicht, die Weisheit zu besitzen, die man für die Ausführung eines solchen Auftrags haben müsste, für den er erwählt worden war. Wenn andere sprachen, hörte er zu. Er versuchte nicht, wie es so oft der Fall ist, andere durch sein eigenes überragendes Wissen zu beeindrucken. Frodo war demütig genug, um von den noch Weiseren zu lernen und zu erkennen, dass die Wahrheit etwas ist, das wir entdecken und nicht definieren müssen.

Stellen wir das Beispiel von Frodo dem gegenüber, was das Mantra unserer Generation ist. Von New Age-Gurus und Poppsychologen bis zu Musikhits und Kassenschlagern folgt die Botschaft, die wir hören, derselben Grundmelodie:

> Höre auf deine Gefühle.
> Schau in dir nach Antworten.
> Folge deinem Herzen.
> Setze dich in Verbindung mit deinem eigenen höheren Bewusstsein.

Dieser kollektive Chor sagt, dass ich meine eigene Quelle der Wahrheit und Weisheit bin. Das Problem liegt nach dieser Denkweise nicht darin, dass ich zu wenig höre, sondern dass ich es zu viel tue. Wenn ich Lehren und Weisheit der Vergangenheit beachte – z. B. was ich von der Kirche lerne – riskiere ich, meine eigene persönliche, individuelle Wahrheit zu unterdrücken.

Andere Botschaften sind deutlicher, so wie die Botschaft von Neale Donald Walsch, der in seinem Bestseller *Unterhaltung mit Gott* mutig erklärt: »Die Seele, deine Seele, weiß alles, was sie wissen muss, immer. Ihr ist nichts verborgen, nichts unbekannt.«[11] Komisch, dass wir *das* nicht wussten!

Die kollektive Botschaft unserer Generation läuft der Weisheit der Hobbits und der Ermahnung der Heiligen Schrift zuwider.

> Der Weise höre und mehre die Kenntnis, und der Verständige erwerbe weisen Rat, um zu verstehen Spruch und Bildrede, Worte von Weisen und ihre Rätsel! (Sprüche 1,5-6)

Die Mittelerde hatte ihre Sprichwörter, Parabeln, Rätsel und Sprüche der Weisen. Sie nahmen die Form von Gedichten und Liedern an. Frodos Ratgeber sagten oft ihre Verse alter Sagen auf, wenn sie um Leitung für das gegenwärtige Abenteuer suchten. Keiner schaute in sich hinein auf der Suche nach verborgenem Wissen. Stattdessen schauten sie zurück, was bereits geoffenbart worden war. Dabei lernten sie viel, sogar Sinn und Zweck des Einen Ringes. Viel wichtiger noch war, dass sie die Lebensgefahr kannten, in die sie kämen, wenn sie in das Lied des Einen, der gegen den Schöpfer rebelliert hatte, einstimmen würden. »Die Furcht des HERRN ist der Weisheit Anfang: eine gute Einsicht für alle, die sie ausüben. Sein Ruhm besteht ewig.« (Psalm 111,10)

ZUM NACHDENKEN

Wir werden weise, wenn wir uns demütigen und auf den Rat derer hören, die den Weg vor uns gegangen sind.

TÄUSCHENDE ERSCHEINUNGEN

Nicht jeder Verirrte verliert sich,
Nicht alles, was Gold ist, glänzt;
(1. Buch, Kapitel 10)

ZUM TÄNZELNDEN PONY; INHABER: GERSTENMANN BUTTERBLÜM – so stand es in großen weißen Buchstaben auf dem Schild über der Tür. Das »Pony« war die einzige Wirtschaft in Bree. Und es war nicht die Art von Gastwirtschaft, in der sich Hobbits vom Auenland bei einer Übernachtung absolut sicher fühlten. Sam mochte den Anblick überhaupt nicht. Es war drei Stockwerke hoch und hatte in jeder Etage Schlafzimmer. Kein Hobbit mag über der Erde schlafen.

Der Alte Gerstenmann, der Gastwirt, war vertrauenerweckend, doch ängstlich und ein bisschen sorgenvoll, auf jeden Fall etwas durcheinander und übereifrig. Dabei war er sehr freundlich und gastfrei. Die vier müden Reisenden fühlten sich sofort wie daheim.

Wenn dies wenigstens auch von den anderen Gästen gesagt werden könnte, die man im Aufenthaltsraum in jener Nacht traf! Sie waren ein wild aussehender und rauer Haufen. Fremdländisch und seltsam, »seltsam wie Neuigkeiten aus Bree«, wie das Sprichwort sagt. Es gab einheimische Männer aus Bree, Große Leute, mit denen Hobbits aus Auenland wenig zu tun hatten, und die Hobbits aus Bree, Halblinge in der Tat, aber dennoch zu verschieden von ihrer westlichen Verwandtschaft, um respektablen Leuten aus Hobbingen und Wasserau Anerkennung abzunötigen. Eine Anzahl von Zwergen saß an Gerstenmanns Tisch, die einen langen Weg aus dem Westen entlang der Großen Straße über die Nebelberge hinter sich hatten. Und es gab geheimnisvolle Reisende aus dem Süden, Menschen, die den Grünweg am vorhergehenden Nachmittag heraufgekommen waren, einige von ihnen ziemlich unangenehm blass und verdächtig aussehend. Genug für einen ordentlichen Hobbit, sich zu winden und höchst unwohl zu fühlen.

Aber die seltsamste und schlimmste Erscheinung von allen war der große düstere Mann, der Pfeife rauchend in einer schattigen Ecke saß. Er war in einen dunkelgrünen Umhang gewickelt. Eine große Kapuze verbarg sein Gesicht im Schatten. Hohe, abgetragene, schlammverkrustete Stiefel bedeckten die Unterschenkel seiner langen Beine. »Ein Waldläufer«, so hatte ihn Gerstenmann genannt, ein einsamer Wanderer, der kam und ging, wann er wollte, und der sein Anliegen im Ungewissen hielt. Es war deutlich, dass jeder etwas Angst vor ihm hatte. Und am schlimmsten war, dass Frodo das Gefühl hatte, dass dieser Mann ihn beobachtete.

Es dauerte nicht lange, bis aus dem Gefühl Sicherheit wurde. Als Frodo an ihm vorbeiging, warf der Mann seine Haube zurück, schaute ihm direkt in die Augen und sprach mit einer leisen, aber alarmierend deutlichen Stimme. »An Ihrer Stelle würde ich dafür sorgen, dass Ihre jungen Freunde nicht zuviel reden«, sagte er. »Komische Leute gibt's hier« meinte Frodo; aber er sagte nicht, was er dachte, nämlich dass dieser Streicher – denn so lautete sein Name – der Seltsamste von allen war.

Wer hätte sich schon gedacht, dass dieser komische Vogel sich als Ratgeber, Führer, Leiter und Beschützer der vier verwundbaren Reisenden aus dem Auenland erweisen würde? Wer hätte in seinen wildesten Träumen gemeint, dass dieser umherziehende Tramp ein König war, der inkognito umherzog? Aber genau so war es. Es fing damit an, dass der vergessliche Gerstenmann sich schließlich an etwas erinnerte, an das er sich zu erinnern versuchte, seitdem die Hobbits seine Schwelle überschritten hatten. Es war ein Brief von Gandalf.

»Vielleicht triffst du unterwegs einen Freund von mir«, lasen sie, »einen Menschen, schlank, groß, dunkelhaarig, von manchen Streicher genannt. Er kennt unsere Sache und er wird dir helfen.« In dem Postskriptum waren ein paar Verse beigefügt:

Nicht jeder Verirrte verliert sich,
Nicht alles, was Gold ist, glänzt;

Damit waren alle Zweifel bei Frodo zerstreut. Schon bevor der Brief zu Tage kam, wuchs in ihm ein Gefühl, dass dieser Streicher, Aragorn, Sohn des Arathorn, doch ein Freund war.

> »Du hast mich heute Abend mehrere Male erschreckt«, erklärte Frodo, »aber niemals so, wie ich mir denke, dass die Knechte des Feindes es tun würden. Ich glaube, wenn du einer seiner Spione wärst – nun ja, deine Kleider wären reinlicher und deine Worte schmutziger, wenn du mich recht verstehst.«

Und Streicher tat es. Als Erwiderung lachte er.

»Nicht alles, was glänzt, ist Gold«, sagt ein altes Sprichwort. Die Verse, die Gandalf zitiert, drehen es auf den Kopf: »Nicht alles, was Gold ist, glänzt.«

Schönheit ist nur oberflächlich. Genauso ist es auch mit Hässlichkeit. Äußeres kann trügerisch sein. Und für jene, die sich in das Abenteuer des Glaubens aufmachen, ist es lebenswichtig, dass die Täuschung auf der einen oder anderen Seite liegen kann. Um zu wissen, was man gerade ansieht, muss man fähig sein, mit den Augen des Herzens zu sehen.

Wir wissen alle, dass der Teufel als Engel des Lichts erscheinen kann (und kein Wunder, denn der Satan selbst nimmt die Gestalt eines Engels des Lichts an {2. Korinther 11,14}). Jeder, der sich schon einmal den Wind um die Nase hat wehen lassen, ist wahrscheinlich klug genug, einem schönen Schein zu misstrauen. Der wortgewandte Verkäufer im Anzug mit Weste, der geschniegelte Fernsehevangelist, der freundliche Anwalt mit dem perfekten Lächeln – es gibt guten Grund, warum wir uns ungemütlich fühlen. Sie sehen prächtig aus, rufen aber ein ungutes Gefühl hervor. Irgendwie werden wir den nagenden Verdacht nicht los, dass das strahlende fleckenlose Äußere zu gut ist, um wahr zu sein, dass es ein Weichzeichner ist, eine Auflage, eine Vortäuschung, die die eigentliche Motive verbergen soll. Und wie viele traurige Liebeslieder und tragische Liebesgeschichten brauchen wir, damit wir begreifen, dass ein hübsches Gesicht ein kaltes, betrügerisches Herz verbergen kann?

Es gibt ein ähnliches Thema, das in vielen alten Legenden und Märchen vorkommt. Bis Schneewittchen volljährig wurde, war ihre böse Stiefmutter unbestritten »die Schönste im ganzen Land«. Die Weiße Hexe, die C. S. Lewis Narnia beherrscht, ist blass und kalt, aber lebensgefährlich schön. Ebenso Hans Christian Andersens Schneekönigin, eine Schönheit in weißen Pelzen, die den jungen Kay zu ihrer Seelen tötenden, Herz vereisenden Festung im Norden entführt. Die Botschaft ist deutlich: Äußere Schönheit kann tief sitzendes Böses wie ein Vorhang verschleiern. Um ein Gleichnis Jesu zu gebrauchen: Ein übertünchtes Grab mag von außen zwar schön erscheinen, inwendig aber ist es voll Totengebein und Unreinheit.

Aber das täuschende Äußere kann ein zweischneidiges Schwert sein. Was ist mit der anderen Klinge? Kann etwas hässlich aussehen und trotzdem gut sein? Ist es möglich, dass Gott uns seine wertvollsten Geschenke in einer Verpackung schickt, an der uns kaum etwas reizt sie zu öffnen? Kann Wahrheit und Schönheit dermaßen von einer unattraktiven, sogar abstoßenden Schale verhüllt sein?

Genau das war der Fall mit Streicher. Und in diesem Sinne spiegelt Tolkiens König im Inkognito ein grundsätzliches biblisches Prinzip wider. Es ist nach einer Reihe von biblischen Archetypen modelliert worden, einer Reihe, die in dem Vorbild aller Vorbilder gipfelt: Jesus Christus.

Wie sieht es mit David aus?

Gott beauftragte den Propheten Samuel, nach Bethlehem hinabzugehen und einen von Isais Söhnen zum nächsten König zu salben. Sieben standen vor ihm, alle von ansehnlichem Aussehen und Wuchs:

> Und es geschah, als sie kamen, sah er den Eliab und meinte: Gewiss, da steht sein Gesalbter vor dem HERRN! Aber der HERR sprach zu Samuel: Sieh nicht auf sein Aussehen und auf seinen hohen Wuchs! Denn ich habe ihn verworfen. Denn der HERR sieht nicht auf das, worauf der Mensch sieht. Denn der Mensch sieht auf das, was vor Augen ist, aber der HERR sieht auf das Herz. (1. Samuel 16,6-7)

Samuel ist ratlos.

> Und Samuel fragte Isai: Sind das die jungen Leute alle? Er antwortete: Der Jüngste ist noch übrig, siehe, er weidet die Schafe. Und Samuel sagte zu Isai: Sende hin und lass ihn holen! (1. Samuel 16,11)

David, der Hirtenjunge, der Letzte, Kleinste und von acht Söhnen der am wenigsten in Betracht Kommende, ist ausgewählt, um der Hirte des Volkes Gottes zu werden.

Wer hätte das gedacht? Wer hätte das vorhersehen können? Ein unbedeutender Viehhüter der König von Israel? Ein gewickeltes Baby in einer Höhle, ein Dorftischler, ein angeblich überführter Verbrecher: König des Universums? Nicht viele begriffen es. Aber einige – auch sie nicht gerade die herausragendsten Persönlichkeiten, die damals gelebt haben – hatten den Blick des Glaubens, um hinter die Verkleidung zu schauen. Der König wandelte unter uns, saß an unseren Tischen, brach das Brot in unserer Gegenwart, aber, mit den Worten des alten Spiritual: Wir wussten nicht, wer er war.

> Er ist wie ein Trieb vor ihm aufgeschossen und wie ein Wurzelspross aus dürrem Erdreich. Er hatte keine Gestalt und keine Pracht. Und als wir ihn sahen, da hatte er kein Aussehen, dass wir Gefallen an ihm gefunden hätten. Er war verachtet und von den Menschen verlassen, ein Mann der Schmerzen und mit Leiden vertraut, wie einer, vor dem man das Gesicht verbirgt. Er war verachtet, und wir haben ihn nicht geachtet. (Jesaja 53,2-3)

ZUM NACHDENKEN

Schauen Sie genau hin! Gut und Böse erscheinen selten deutlich bezeichnet.

DIE NACHT AUSSPERREN

»Kommt, ihr Kerlchen. ... Seid guter Dinge. ...
Sperren wir die Nacht aus. Fürchtet euch nicht!«
(Goldbeere zu den Hobbits – 1. Buch, Kapitel 7)

Der Alte Wald war seinem Ruf gerecht geworden. Seit ihrer Kindheit hatten Frodo, Sam, Pippin und Merry nur die schrecklichsten, gruseligsten Geschichten über diesen Ort gehört. Niemand hätte Sam oder Pippin überreden können, sich dort hineinzuwagen, wäre nicht ihr lieber Herr Frodo von einer noch ernsteren und schlimmeren Gefahr verfolgt worden. Wenn sie überhaupt entkommen wollten, müssten sie sich auf Überraschung und Heimlichkeit verlegen. Und so hatte Merry, der praktische und vernünftige Merry, vorgeschlagen: Nehmen wir den Weg durch den Alten Wald. Den Weg, den niemand jemals benutzte und von dem niemand annehmen würde, dass sie ihn nähmen, den Weg, den sie im Nachhinein auch nicht genommen hätten ... wenn sie es geahnt hätten.

Sie hatten es nicht genau gewusst. Sie hatten nur ihre Ängste. Doch wie es sich herausstellte, waren diese Ängste mehr als gerechtfertigt. Der Alte Wald war nicht nur finster und bedrohlich, er war feindlich! Es war ein denkender, planender, lebendiger Organismus (so schien es jedenfalls), der darauf aus war, sie zu zerstören. Das war der einfache Grund, dass sie, so sehr sie es auch versuchten, keinen direkten Weg nach Norden einschlagen konnten, auf die große Oststraße hin. Stattdessen wurden sie, je weiter sie vorankamen, weiter nach Südwesten abgedrängt, dem Weidenwindental zu, dem Zentrum, von dem alle Verrücktheiten ausgingen, die den Alten Wald zu einem so schrecklichen Ort machten.

Es dauerte nicht lange und Frodo und Sam sahen sich mit dem Undenkbaren konfrontiert. Ihre beiden Kameraden waren bei lebendigem Leib verschlungen worden! Von einem Baum! Eingeschläfert und dann – schnapp – zwischen den Spalten des verwachsenen, riesigen Stammes der boshaften Alten Weide gefangen und beinahe entzweigedrückt worden. Frodo und Sam wussten nicht, wie sie ihre Freunde retten sollten.

Die Hoffnung traf sie unerwartet. Die Hoffnung kam hüpfend und tanzend den Pfad hinunter wie aus dem Nichts. Die Hoffnung kam in einem verbeulten, mit einer Feder geschmückten Hut, einer blauen Jacke und einem Paar hoher gelber Schaftstiefel. Es war der alte Tom Bombadil, Herr des Wassers, des Waldes und der Hügel! Bombadil, der seltsame, alte, hüpfende, springende Kobold!

Mit einem Lied befreite er die hilflosen Gefangenen und führte sie, die noch immer von ihrem Zusammenstoß mit dem Unglück zitterten, zu dem Schutz und der Bequemlichkeit seines eigenen Hauses. Es war ein Ort, der mit Licht, Musik, Freude und vor allem – wenigstens aus der Sicht eines Hobbits – mit Essen und Trinken gefüllt war. Nahrung für den Körper und Erholung für die Seele.

»Kommt, liebe Kerlchen«, sagte Toms Frau Goldbeere, die Tochter des Flusses, als sie die staunenden Hobbits an der Tür begrüßte. Für sie erschien sie, ebenso wie Tom, wie ein großes Wunder: blond, grüngewandet, jung und schön, aber erfahren und weise. Allein ihre Gegenwart ließ sie die Stärke unerschütterlicher Freude spüren, der Freude aus dem Wissen und dem Feiern darüber, dass man im großen Schema der Welt einen Platz hat. »Fürchtet euch nicht!«, lachte sie, als sie ihnen den Weg ins Haus wies. »Denn heute Nacht seid ihr unter Tom Bombadils Dach.«

Und so folgten sie ihr und ließen ihre Ängste mit ihrem Gepäck an der Türschwelle zurück. Dort, unter dem Dach von Tom Bombadil, aßen und tranken und erzählten und lachten die müden und erschütterten Wanderer, bis ihre Sorgen zu einer fernen Erinnerung wurden. Danach schliefen sie einen tiefen erholsamen Schlaf, während der Regen auf das Dach über ihren Köpfen trommelte. So lange sie unter diesem Dach waren, vergaßen sie beinahe, dass es überhaupt so etwas wie Angst gab.

Tolkiens Mittelerde ist ein Ort von »erschreckender Schönheit«, um es mit den Worten des englischen Dichters Yeats zu sagen, ein Reich von atemberaubender Pracht, doch durchflutet von einem Erahnen stets präsenter Gefahr. Es ist ein Land, in dem der Glanz des Sonnenunterganges den zarten grünen Blättern einen rotgoldenen Rand verleiht. Und dies Land ist umso schöner, umso wertvoller in Hinblick auf das Wissen, dass die Finsternis niemals weit entfernt ist. Es ist eine herrliche Welt, von vielen beängstigenden Dingen bewohnt.

Mittelerde ist, mit anderen Worten, ein eindringlich leuchtendes Spiegelbild unserer Welt. Denn wir wissen, dass die Welt, in der wir leben, voller Gefahren ist, ein Ort, an dem Gut und Böse, Licht und Finsternis, Unschuld und Schrecken, Herrlichkeit und Verdorbenheit nahe beieinander wohnen und Rücken an Rücken schlafen. Das vergessen wir manchmal. Es ist nur zu natürlich, dass unser Blick durch die Routine des Alltags stumpf wird. Aber es gibt jene Augenblicke, an denen wir in der Mitte der Nacht aufwachen und uns daran erinnern, dass wir letztendlich doch von Schrecken umgeben sind.

Das bedeutet es, inmitten einer gefallenen Schöpfung zu leben. Gott schuf die Erde und nannte sie gut: »Und es geschah so. Und Gott sah alles, was er gemacht hatte, und siehe, es war sehr gut. Und es wurde Abend, und es wurde Morgen: der sechste Tag« (1. Mose 1,31). Wir sind voll dieser Güte, wenn wir staunend vor den schneebedeckten Berggipfeln stehen, das Kitzeln der Gischt in unseren Nasen spüren oder bei der Berührung einer menschlichen Hand freudevoll erschauern. Doch diese Güte ist nicht mehr rein. Sie wurde beschädigt, als die Sünde und der Ungehorsam in die Welt eintraten. Und nun sehnt sich die Schöpfung sprichwörtlich nach ihrer Erlösung von den Folgen ihres Makels und ihrer Krankheit.

> Denn die Schöpfung ist der Nichtigkeit unterworfen worden – nicht freiwillig, sondern durch den, der sie unterworfen hat – auf Hoff-

nung hin, dass auch selbst die Schöpfung von der Knechtschaft der Vergänglichkeit freigemacht werden wird zur Freiheit der Herrlichkeit der Kinder Gottes. (Römer 8,20-21)

Darum, wie durch einen Menschen die Sünde in die Welt gekommen ist und durch die Sünde der Tod und so der Tod zu allen Menschen durchgedrungen ist, weil sie alle gesündigt haben. (Römer 5,12)

Das ist es, was wir vermuteten. Alles ist *nicht* gut. Die Schöpfung, einst so rein und licht, ist aus dem Gleichgewicht geraten. Und finstere Dinge gehen draußen um. Kein Wunder, dass wir wie Sam, Frodo, Merry und Pippin im Alten Wald erzittern, wenn wir durch diese Welt gehen. Diejenigen, die nicht zittern, wissen es nicht. Sie schlafen, sind durch Drogen betäubt oder stecken ihren Kopf in den Sand.

Inmitten dieses trostlosen Szenarios tauchen drei kleine Worte auf, in ihrem Resultat so erstaunlich wie drei Blitze: »Fürchtet euch nicht.« Es ist eine der am häufigsten wiederholten Aufforderungen in der Bibel.

Habe ich dir nicht geboten: Sei stark und mutig? Erschrick nicht und fürchte dich nicht! Denn mit dir ist der HERR, dein Gott, wo immer du gehst. (Josua 1,9)

Sogleich aber redete Jesus zu ihnen und sprach: Seid guten Mutes! Ich bin es. Fürchtet euch nicht! (Matthäus 14,27)

Und der Engel sprach zu ihnen: Fürchtet euch nicht! Denn siehe, ich verkündige euch große Freude, die für das ganze Volk sein wird. (Lukas 2,10)

Und als ich ihn sah, fiel ich zu seinen Füßen wie tot. Und er legte seine Rechte auf mich und sprach: Fürchte dich nicht! Ich bin der Erste und der Letzte. (Offenbarung 1,17)

»Keine Angst.« Es ist eine Aufforderung, der eine bohrende Frage entgegensteht: Ist es nicht etwas naiv oder kindlich, alle Angst beiseite zu schieben? Sollten wir wirklich, wie die Hobbits im Haus des alten Bombadil, die Nacht hindurch lachen und singen, wenn in der Nähe die Warge auf der Lauer liegen und messerscharfe Winde heulen und die Grabwichte in den Niederungen umherschleichen? Ist es überhaupt möglich, »die Nacht auszusperren«? Wer, außer einem Narren oder einem einfachen Kinde, könnte jene zwei Worte »keine Angst« ernst nehmen?

Nur ein Kind! Es ist kein Zufall, dass die wahren Helden von Tolkiens gefährlicher, episch breit beschriebenen Welt Hobbits sind, »Halblinge« in den Augen der Menschen von Rondor und Gondor, Wesen, die unter den großen Elben und Kriegern und Zauberern der Mittelerde wie Kleinkinder durch eine Gruppe von Erwachsenen laufen. Hobbits sind, trotz all ihrer Spitzfindigkeit, ein Volk von vertrauender und abhängiger Art, mit einfachem und simplem Geschmack. Hobbits lassen sich schnell einlullen und überreden. Unter dem Bann von Toms ausgelassener Fröhlichkeit und Goldbeeres Lieblichkeit legten sie schnell jegliche Sorgen beiseite.

Und so kam es, dass unter dem Dache von Tom Bombadil, in der lebendigen, springenden Gegenwart der Güte aller geschaffenen Dinge, unter dem Einfluss von Liebe und Anmut, die in Form von Brot und Fleisch und Bier und weichen Betten gereicht wurden, Frodo, Sam, Pippin und Merry ihre Ängste vergaßen und neue Kräfte für ihre Reise bekamen. In diesem Haus schafften sie es tatsächlich, »die Nacht auszusperren«. Denn keine Nacht, und sei sie noch so finster, hätte das alte, urzeitliche Licht, die tiefe, unerschütterliche Freude, die sie dort willkommen hieß, verdunkeln können.

Und der Engel sprach zu ihnen: Fürchtet euch nicht! Denn siehe, ich verkündige euch große Freude, die für das ganze Volk sein wird. (Lukas 2,10)

Und er sagte weiter zu ihnen: Geht hin, esst fette Speisen und trinkt süße Getränke und sendet dem Anteile, für den nichts zubereitet ist! Denn der Tag ist unserm Herrn heilig. Und seid nicht bekümmert, denn die Freude am HERRN, sie ist euer Schutz! (Nehemia 8,10)

Furcht ist nicht in der Liebe, sondern die vollkommene Liebe treibt die Furcht aus, denn die Furcht hat es mit Strafe zu tun. Wer sich aber fürchtet, ist nicht vollendet in der Liebe. (1. Johannes 4,18)

ZUM NACHDENKEN

Wenn wir das Gute von Gottes Schöpfung feiern und uns in seiner Liebe baden, überwinden wir Angst und bekommen neue Kraft.

VERBORGENER MUT

Ein Körnchen Mut steckt tief ... und wartet nur darauf,
in verzweifelter Lage aufzubrechen und zu keimen.
(1. Buch, Kapitel 8)

Erholt und ermutigt nach dem Aufenthalt im Hause Tom Bombadils setzten Frodo und seine Freunde ihre Reise fort. Das Lebewohl brachte eine seltsame Mischung von froher Traurigkeit mit sich: froh über die Rettung und die neue Freundschaft, traurig darüber, dass sie einen solchen Ort der Freude verlassen mussten. Wenn auch kurz, war ihr Besuch ihren müden Seelen ein Geschenk gewesen, ein Gefühl von anheimelnder Sicherheit, wie sie es seit dem Verlassen des Auenlandes nicht mehr gespürt hatten. Aber es war Zeit zu gehen.

Als die Freunde in die Dämmerung hineinwanderten, behinderte ein aufkommender Nebel ihre Sicht. Jeder Schritt ihrer Reise entfernte sie weiter von den klaren Farben westlicher Sicherheit und brachte sie dem blassen Grau östlicher Gefahr näher. Sam, Pippin und Merry folgten Frodo durch den Nebel und hüllten sich gegen die kühle feuchte Luft in ihre Umhänge ein. Plötzlich drehte Frodo sich um und sah, dass er allein war. In der Hoffnung, dass sie einfach nicht hatten Schritt halten können, rief er sie beim Namen und befürchtete dennoch, dass etwas Schlimmeres geschehen war. Alles, was er hören konnte, war eine schwache Stimme in der Ferne, vielleicht ein Hilfeschrei. Verzweifelt erklomm er einen Hügel, der in der Richtung lag, aus der die Stimme gekommen war. Der Aufstieg offenbarte ihm einen dunklen Himmel und das schwache Licht von Sternen durch den sich auflösenden Nebel. Auf dem Hügel lauerte der finstere Schatten eines großen Wichts darauf, dass Frodo sich ihm näherte. Seine kalten Augen schauten den Hobbit an, kurz bevor er ihn mit seinem rauen Klauen fing.

Als Frodo aus seiner Bewusstlosigkeit erwachte, entdeckte er, dass er von einem der Grabwichte gefangen worden war. Sie standen in dem Ruf, so flüsterte man sich zu, böse Geister zu sein, die Leute fingen, um sie zu opfern. Große Furcht überkam Frodo. Er bemerkte, dass Merry, Pippin und Sam an seiner Seite lagen, ob tot oder bewusstlos, war nicht zu sagen. Ein großes Schwert lag über ihren Hälsen. Frodo dachte, dass sein Auftrag ein schreckliches Ende genommen hatte. Alle Hoffnung schien verloren. Aber statt zu verzweifeln, fühlte er ein Körnchen Mut in sich aufkeimen. Er dachte an seinen Onkel Bilbo und ihre vielen Unterhaltungen über Abenteuer. Mut entsteht, wenn man großer Gefahr ins Auge blickt, Mut, der es selbst einem Hobbit ermöglicht, aus eben solcher siegreich hervorzugehen.

Sein erster Gedanke war, den Ring zu benutzen. Vielleicht konnte er verschwinden und unbemerkt davonschleichen, um zumindest sich zu retten. Denn er war sich nicht sicher, ob seine Gefährten überhaupt noch lebten. Selbst Gandalf würde sicherlich der Notwendigkeit eines solchen Handelns zustimmen. Aber Frodo konnte seine Freunde nicht so einfach verlassen. Und so geschah es, dass Frodo, von einem Mut durchdrungen, den er bisher nicht an sich gekannt hatte, dablieb, um sich allem zu stellen, damit er seine Gefährten befreien konnte.

Dies blieb nicht der letzte oder größte Schrecken, um Frodos Herz zu prüfen. Im Laufe des Abenteuers würde er oft vor die Wahl der eigenen Rettung und der Selbstaufopferung gestellt werden. Und wie in diesem Fall wählte Frodo wiederholt das Risiko anstelle des Rückzugs, um seinen heldenhaften Auftrag, zu dem er berufen worden war, zu erfüllen.

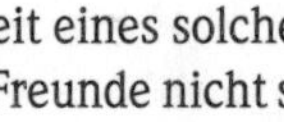

Von allen Bewohnern der Mittelerde genossen keine die Bequemlichkeiten des Lebens mehr als die Hobbits. Sie schliefen länger, aßen öfter und feierten mehr als andere – ein Volk, das besser für nette Gespräche als für lebensgefährliche Begegnungen geschaffen war. Der Kontrast zu seiner Kultur macht den Großteil der inspirierenden Wirkung von Frodos Mut aus. Seine Erziehung bereitete ihn auf die Leichtigkeiten des Lebens vor, nicht auf Ehren bringende Abenteuer. Das war das Zeug, aus dem kriegerische Zwerge wie Gimli und raue Waldläufer wie Streicher gemacht waren, nicht die einfachen Hobbits wie Frodo. Aber der Auftrag des Ringes zeigte jedem, dass selbst die kleinste, am wenigsten erwartete Person zu mehr als nur Bequemlichkeit und Sicherheit taugt. Wir leben, um Helden zu sein.

Haben Sie sich jemals gefragt, warum unsere Lieblingsgeschichten eine gewöhnliche Figur enthalten, die große Hindernisse überwindet, um etwas Außergewöhnliches zu tun? Weil tief in uns die Fähigkeit und der Wunsch nach Heldentum wohnt. Und während wir Risiken vermeiden und die Begeisterung durch unsere Überflussgesellschaft abtöten, bleibt das Körnchen Mut. Wir erinnern uns an dessen Vorhandensein, wenn wir sehen, wie ein netter junger Mann namens Rocky Balboa den arroganten Champion Apollo Creed besiegt. Unser Herz schlägt vor Begeisterung, wenn ein junger unerfahrener Luke Skywalker die Pläne des mächtigen Darth Vader zerstört. Von einem Einfaltspinsel namens Forrest Gump bis zu einem mutigen Herzen namens William Wallace sehen wir gerne, wie der unwahrscheinliche Verlierertyp die Hindernisse überwindet, und hoffen, dass unser eigenes mutiges Wesen sich in einer ähnlichen Herausforderung zeigen möge.

Wie tief versteckt es auch immer sein mag, jeder von uns hat die Fähigkeit bekommen, Angst und Apathie zu überwinden, um eine heldenhafte Rolle in den Szenen des Lebens zu spielen. Für einen furchtsamen Bauern namens Gideon bedeutete es, Hunderte in den Kampf gegen Zehntausende zu führen. Für das neu gewählte Parlamentsmitglied William Wilberforce bedeutete es, zwanzig Jahre lang den grundschlechten, aber sehr einträglichen britischen Sklavenhandel zu bekämpfen. Für mutige Soldaten der Alliierten war es der Sturm auf die Strände der Normandie, um ein besetztes Europa zu befreien. Für eine schwarze Frau namens Rosa Parks bedeutete es, Rassismus zu bekämpfen, indem sie sich vor einen Bus setzte, in dem Rassentrennung praktiziert wurde. Für die junge Lehrerin Anne Sullivan hieß es, durch lebenslange Liebe Helen Keller aus ihrer dunklen Stille herauszuführen.

Die bekannteste wahre Geschichte, die diese Wahrheit widerspiegelt, ist die eines Jungen namens David. Ein junger Hirte ohne militärische Erfahrung meldet sich freiwillig, um gegen Goliath, den mächtigen Riesen von Gath, zu kämpfen. Alle Männer Sauls, Davids ältere Brüder miteingeschlossen, hatten sich geweigert, dem Riesen entgegenzutreten. Aber David wusste, dass sein Leben über das hinausging, was seine eigene persönliche Sicherheit betraf, und dass manchmal die Kleinsten und Unscheinbarsten berufen sind, mehr zu tun, als jemals andere von ihnen erwarten würden. So erhob er seine Hand, als es andere nicht taten, sammelte fünf rund geschliffene Steine und trat dem Feind des Guten entgegen. Und der Rest, wie man so sagt, ist Geschichte.

Leben aus Glauben beinhaltet den Ruf zu etwas Größerem als feige Selbsterhaltung.

> Denn Gott hat uns nicht einen Geist der Furchtsamkeit gegeben, sondern der Kraft und der Liebe und der Zucht. (2. Timotheus 1,7)

Dies ist die Einladung, das Körnchen Mut tief in Ihrem Herzen zu bewässern. Es bewegt die Leidenschaftslosen, die durch Bequemlichkeit und Leichfertigkeit abgestumpft sind, damit sie dem Drang widerstehen, persönliche Sicherheit und Selbsterhaltung über den Ruf zum Abenteuer zu stellen, und stattdessen zu einem Helden zu werden.

ZUM NACHDENKEN

Wir wurden geschaffen, um Helden zu sein.

DAS LETZTE GASTLICHE HAUS

»Denn Bruchtal haben wir zwar erreicht,
aber der Ring ist noch nicht zur Ruhe gebracht.«
(Gandalf zu Frodo – 2. Buch, Kapitel 1)

Frodo erwachte und fragte sich, wo er sei. Das Bett war weich, die Deckenbalken über seinem Kopf waren vielfältig mit Schnitzwerk verziert – Werk von Elben, ohne Zweifel. Sonnenlicht erfüllte den Raum und von draußen war das Plätschern von Wasser zu hören. Er streckte sich, setzte sich auf und hielt den Atem an. Die Wunde in seiner Schulter heilte: Er konnte seinen Arm wieder bewegen! Und wer war das an seinem Bett? War es möglich? Ja. Kein anderer als der alte Gandalf selbst! Dort saß er und beobachtete Frodo nachdenklich und blies Rauchringe, die gemütlich seinen Kopf umringten, bevor sie sich aufmachten, zu der getäfelten Decke emporzusteigen.

An was für einem Ort war er und wie war er hierher gekommen? Er konnte sich nicht daran erinnern. Alles, was ihm in den Sinn kam, war das Gefühl von Ohnmacht und Angst – durchdringende, kalte, erstickende Angst. Dann wusste er es: die verzweifelte Flucht über die Furt von Lautwasser, das Klingeln der Glöckchen von Glorfindels Pferd unter ihm und die neun Reiter, kalte, graue Geister mit brennenden Blicken, ihm knapp auf den Fersen. Es hatte eine Flut gegeben, erinnerte er sich. Noch immer konnte er das mit Schaumwellen steigende Flusswasser, das wie wilde wütende Pferde mit langen wehenden Mähnen aussah, vor seinem geistigen Auge sehen. Und Flammen weißen Feuers. Und das Getöse von Sturzwassern und ein Missklang von schrecklichem Geschrei. Und dann ... nichts.

Und nun? Sicher war – wie, konnte er sich beim besten Willen nicht vorstellen –, dass die Gefahr vorbei war, wenigstens für den Augenblick, und dass er Bruchtal letztendlich doch erreicht hatte. Das lang ersehnte, aber oft aufgegebene Ziel des ersten Teils ihrer Reise. Bruchtal. Das Haus von Elrond Halbelbe. Das Letzte Gastliche Haus westlich des Scheidemeeres.

Und was für ein Haus war es! Wie Sam es beschrieb: »Von allem gibt es etwas hier!« Es war ein Ort von vielen Begegnungen, von vielem frohen Wiedersehen, von vielen fröhlichen Überraschungen. Ein Ort, an dem man schlafen, essen und wieder zu Kräften kommen konnte, an dem man in die Gemeinschaft mit den Guten, Edlen und Weisen eintauchen konnte. Ein Haus des Heilens, der Erfrischung, der Erneuerung und der bitter nötigen Erholung. Bruchtal war ein Ort des Lichts in einer Welt, die täglich düsterer wurde. Das Beste war jedoch, dass es die Zitadelle der Elbensagen war, eine Fundgrube alter Lieder und Erzählungen, eine der Letzten ihrer Art in der Mittelerde.

Die Nacht, in der sie in Elronds Kaminhalle unter Elben und Freunden der Elben saßen und dem alten Bilbo zuhörten, wie er ein eigenes Lied über Earendil, den Vater von Elrond, vortrug, würden sie nie vergessen. »Earendil fuhr stets zur See«, so begann das Lied. Ein Vermittler zwischen Menschen und Elben, der in den Westen segelte, mit dem Silmaril auf seinem Haupt, um für Hilfe gegen die sich versammelnde Finsternis zu bitten. Niemals kehrte er zurück, denn

Ihm aber war es auferlegt,
Am Himmel seine Bahn zu ziehn,
Solange bis der Mond verblasst,
Und niemals am Ufer dieser Welt
Zu rasten bei den Sterblichen.

Frodo selbst mochte am folgenden Tag an Earendil gedacht haben, als er vor dem Rat der Elben stand und ein gleichfalls »mächtiges Urteil« über sich verhängt bekam: Das Urteil, den Einen Ring in das Herz von Modor zu bringen und ihn in die Feuer des Orodruin zu werfen. Zu Recht hätte er verbittert und sorgenvoll sein können, da er Bruchtal verlassen musste, das Haus der Leichtigkeit und Freude, denn vor ihm lag ein harter grausamer Weg. Wie schön wäre es gewesen, für immer dort zu bleiben, mit Bilbo zu reden und sich zu erinnern und ihm bei dem Schreiben seines Buches zu helfen. Doch er wusste, dass er nicht bleiben konnte. Später sah sich die Gruppe im Goldenen Wald, Lothórien, vor eine ähnliche Wahl gestellt. Und Sam fasste die Situation in der ihm eigenen Einfachheit zusammen:

> Ich habe noch nie von einem schöneren Land als diesem hier gehört. Es ist wie zu Hause und auf Urlaub sein zu gleicher Zeit, wenn Ihr mich versteht. Ich möchte nicht gehen. Dennoch meine ich, dass, wenn wir gehen müssen, wir uns besser daran machen, es hinter uns zu bringen.

Bruchtal, hatte Gandalf gesagt, sei wie eine Festung inmitten einer dunkler werdenden Welt. Doch wenn der Ringträger sich nicht auf den Weg machte, würde die Finsternis Bruchtal verschlingen. Frodo wusste das nur zu gut. Er wusste, dass Bruchtal nicht das Ziel der Reise war. Es war nur eine Raststätte am Wege – nicht das Ziel des Auftrags, sondern eine Station am Wege, ohne die der Auftrag unmöglich geworden wäre. Wie Gandalf zu Frodo am Tage seines Erwachens, als dieser den Zauberer an seiner Seite sitzen sah, sagte: »Denn Bruchtal haben wir zwar erreicht, aber der Ring ist noch nicht zur Ruhe gebracht.«

Rennfahrer machen Boxenstopps. Boxer haben nach jeder Runde eine Verschnaufpause. Reisende schauen eifrig nach Gaststätten und Rastplätzen aus. Eine Oase auf der Route einer Wüstenreise macht den Unterschied zwischen Leben und Tod aus. Aber der Reisende, der ein bestimmtes Ziel hat, muss bereit sein, die Bequemlichkeiten der Raststätte hinter sich zu lassen, wenn die Zeit dafür gekommen ist. Die Gaststätte mit dem Reiseziel zu verwechseln, hieß, völlig zu versagen. Es hieß dem Feind in die Hände zu spielen.

Es gibt viele Geschichten von Wanderern mit einem Auftrag, die irgendwo auf der Strecke liegengeblieben sind. Odysseus und seine Männer wurden zum Vergessen und zur Lethargie durch die Annehmlichkeiten des Landes der Lotusesser verführt. Odysseus war der Einzige der gesamten Mannschaft, der nach Ithaka zurückkehrte. Die Gründung Roms wurde verzögert, weil Aeneas die einschmeichelnde Gastfreundschaft der Königin Dido genoss. Von all den Rittern der Tafelrunde, die sich auf die Suche nach dem Heiligen Gral machten, kam einzig Galahad zum Ziel. Die meisten der anderen ließen sich von ihrem Auftrag ablenken, einige davon durch die gefährlich schönen Versuchungen der Rast und weltlichen Vergnügungen am Wege. Und es gab die Kinder Israel, die vierzig Jahre eine Reise machten, die kaum einen Monat lang hätte dauern sollen. Nur Josua und Kaleb war es von jener Generation vergönnt, das Verheißene Land zu sehen.

Eine Versuchung liegt in dem Frieden, der Behaglichkeit und der Sicherheit von Bruchtal versteckt. Ohne diese Dinge wäre Frodo niemals so gesund und stark genug geworden, um die Reise nach Modor zu machen. Aber es bedurfte seiner Weitsichtigkeit, Nüchternheit und Willensstärke, Bruchtal hinter sich zu lassen, als die Pflicht rief.

Das Haus von Elrond war nicht das Endziel, nicht einmal für die Elben, die dort wohnten. Jedem, der dort Rast machte, gab der Ort eine Ahnung von der Unsterblichkeit, die jenseits des Scheidemeeres lag. Aber es war nicht die Heimat der Elben. Es war wie ein Abglanz des Himmels, den Petrus, Jakobus und Johannes erlebten, als sie Jesus auf den Berg der Verklärung begleiteten: Es war nicht das Ziel, sondern ein Augenblick der Erleuchtung, um sie mit der Kraft auszurüsten, die sie für ihren Dienst unten im Tal benötigten.

> Es geschah aber etwa acht Tage nach diesen Worten, dass er Petrus und Johannes und Jakobus mitnahm und auf den Berg stieg, um zu beten. Und als er betete, veränderte sich das Aussehen seines Angesichts, und sein Gewand wurde weiß, strahlend. Und siehe, zwei

Männer redeten mit ihm, es waren Mose und Elia. Diese erschienen in Herrlichkeit und besprachen seinen Ausgang, den er in Jerusalem erfüllen sollte. Petrus aber und die mit ihm waren, waren beschwert vom Schlaf; als sie aber völlig aufgewacht waren, sahen sie seine Herrlichkeit und die zwei Männer, die bei ihm standen. Und es geschah, als sie von ihm schieden, sprach Petrus zu Jesus: Meister, es ist gut, dass wir hier sind; und lass uns drei Hütten machen, dir eine und Mose eine und Elia eine. Und er wusste nicht, was er sagte. (Lukas 9,28-33)

Petrus mag nicht genau gewusst haben, was er sagte. Aber seine Worte spiegeln einen üblichen menschlichen Fehler wider: man verwechselt die Augenblicks-Herrlichkeit, das Wunder, die Freude, die Inspiration, das Vergnügen oder die einfachen Annehmlichkeiten der Raststätte mit dem Ziel der Reise. Jesus wusste es besser. Ja, es wäre wunderbar gewesen, auf diesem großartigen Gipfel einen Wohnort zu errichten, lange, geruhsame Tage im Gespräch mit Mose und Elia über die unvergleichlichen Freuden des himmlischen Lebens zu verbringen. Aber so sollte es nicht sein. Mose und Elia waren nur aus einem Grunde gekommen: den Messias eindringlich zu bitten weiterzugehen, bis er »seinen Ausgang, den er in Jerusalem erfüllen sollte«, vollendet hatte. Auf dem Berg zu bleiben, wäre gleichbedeutend gewesen mit der Zerstörung der Welt um ihn herum.

Frodo stand einer ähnlichen Wahl gegenüber. Und er entschied sich, die Sicherheit des Letzten Gastlichen Hauses zurückzulassen.

ZUM NACHDENKEN

Raststätten sind wichtig, aber sollten niemals mit dem Ende der Reise verwechselt werden.

TREUER GEFÄHRTE

»Mein schöner Plan ist futsch! ... Dir kann man nicht entkommen. Aber froh bin ich doch, Sam, ich kann dir gar nicht sagen, wie!«
(Frodo zu Sam – 2. Buch, Kapitel 10)

Gandalf war nicht mehr. Vor einigen Tagen war er in eine tiefe Schlucht gefallen, als er die Gruppe vor dem mächtigen und schrecklichen Balrog beschützte.

Frodos Beschützer, dem edlen Boromir, konnte nicht mehr vertraut werden, denn die Gier nach der Kraft des Einen Ringes verzehrte ihn.

Seine Hobbitfreunde waren verängstigt und sehnten sich nach der Sicherheit und den Annehmlichkeiten ihres Zuhauses in Auenland.

Die größte Gefahr lag noch vor ihnen, sein weiser Verteidiger war fort und das Böse des Ringes beeinflusste andere. Frodo wusste, was er zu tun hatte. Er hatte keine andere Wahl, er musste weiter und seinen Auftrag erfüllen. Und er musste allein weitergehen. Denen er trauen konnte, die waren ihm zu lieb, als dass er sie weiteren Gefahren aussetzen mochte. Gegen die Angst, die sein Herz ergriffen hatte, ankämpfend, versteckte Frodo sich vor seinen Gefährten, um sich alleine davonzumachen.

Die Gruppe suchte wie wild nach Frodo, allen voran Sam. Als Frodos Freund von Kindesbeinen an, hatte Sam Gamdschie eine rührende Ergebung und Bewunderung für den Ringträger gezeigt, die ihn zu einem besseren Gefährten machte, als zu Beginn des Abenteuers hätte vorausgesehen werden können. Der einzige Grund, warum Sam überhaupt dabei war, lag allerdings in der Art von Gandalfs »Bestrafung« seiner Neugierde: Er sollte mit Frodo reisen. Seit diesem Tage hatten sie gemeinsam viele frohe und beängstigende Erlebnisse durchgestanden.

Es war nicht das erste Mal, dass Frodo daran gedacht hatte,

Sam und die anderen zurückzulassen. Aber es half nichts. Sam konnte seinem Herrn einfach nicht erlauben, solch eine gefährliche Reise allein zu machen, damals oder jetzt. Deshalb rannte er, so schnell ihn seine kurzen Beine trugen, zum Fluss hinab, um Frodo, dessen Widerstand vergeblich war, abzufangen. Sam war fest entschlossen, an der Seite seines Herrn zu bleiben. Und so machten sie sich auf den Weg, zwei kleine Hobbits trieben den Fluss hinab, fort von der Sicherheit unter vielen ihresgleichen und hin zu den bedrohlichen Schatten einer bösen Stätte. Ungeachtet der Gefahren, denen sie begegneten, sie würden diesen gemeinsam ins Auge sehen, eine Tatsache, die beiden großen Trost und Ermutigung brachte.

Freund. Ehemann. Ehefrau. Mutter. Vater. Sohn. Tochter. Bruder. Schwester. Partner. Vertrauter. Mentor. Welch wunderbare Worte, von denen jedes einzelne die Wärme des Angenommenseins und der Unterstützung hervorruft, eine Schulter, an der man sich ausweinen kann, wenn man traurig ist, oder ein Freund, mit dem man glückliche Augenblicke feiern kann, jemand der sich an deinen Geburtstag erinnert oder der sich für die Einzelheiten deines Arbeitstages interessiert. Wir sind nicht dazu gemacht, allein Lasten zu tragen und die Freuden der Lebensreise zu erleben. Darum hat Gott uns das Geschenk der Freundschaft gegeben.

Die Heilige Schrift erzählt von einem Freund, der uns näher steht als ein Bruder. Das war Sam für Frodo. Wir wissen nicht, ob Frodo in der Lage gewesen wäre, seine Mission zu erfüllen und ins Auenland zurückzukehren, hätte es den treuen Freund Sam Gamdschie nicht gegeben. Sicher ist, dass seine Last viel schwerer zu tragen gewesen wäre.

Zwei sind besser daran als ein Einzelner, weil sie einen guten Lohn für ihre Mühe haben. Denn wenn sie fallen, so richtet der eine

> seinen Gefährten auf. Wehe aber dem Einzelnen, der fällt, ohne dass ein zweiter da ist, ihn aufzurichten! Auch wenn zwei beieinander liegen, so wird ihnen warm. Dem Einzelnen aber, wie soll ihm warm werden? Und wenn einer den Einzelnen überwältigt, so werden doch die zwei ihm widerstehen; und eine dreifache Schnur wird nicht so schnell zerrissen. (Prediger 4,9-12)

Adam bekam die Eva. Gott sah, es sei für den Menschen nicht gut, allein zu sein. Indem er die Rippe des einen nahm, machte er einen zweiten Menschen daraus. Die Zwei wiederum wurden eins. Jeder war dem anderen ein Geschenk als Freund auf der Reise des Lebens, den es zu lieben, ehren, zu versorgen und auf den es zu hören galt, solange beide lebten.

David hatte Jonathan. Von Gott erwählt und zum König von Israel gesalbt, würde David auf dem Thron sitzen, der rechtlich gesehen Jonathan nach dem Tode seines Vaters Saul gehörte. Jonathan hatte jeden Grund, David zu hassen. Aber Jonathan akzeptierte die Wahl Gottes. Er liebte David und setzte sein Leben für seinen Freund aufs Spiel. Wer weiß was geschehen wäre, wenn David nicht die treue Freundschaft Jonathans besessen hätte?

Mose bekam die Stimme und die Unterstützung seines Bruders Aaron, als er vor den mächtigsten Mann der damaligen Welt gerufen wurde. Während Paulus auf seinen Prozess wartete, besaß er die stete Gegenwart von Lukas, alle anderen hatten ihn verlassen. Diese und andere große Führer vollbrachten viel, aber es wäre weit weniger gewesen, wenn Gott ihnen nicht Freunde zur Seite gestellt hätte.

Frodo Beutlin hatte Sam, einen Hobbitkameraden, der nicht besonders klug oder mutig war. Er besaß nicht die Weisheit Gandalfs, noch den Mut von Gimli oder die Instinkte Streichers. Aber er war vertrauenswürdig und treu, und genau das brauchte Frodo am meisten.

Wer ist Ihnen gegeben? Wer kennt die richtigen Worte, wenn Sie dabei sind, das Handtuch zu werfen, und wer schweigt mit Ihnen, wenn Sie Stille brauchen? Wen rufen Sie zuerst bei einer guten Nachricht an, weil Sie wissen, dass Ihre Freude geteilt wird? Wer ist es, den Gott Ihnen ins Leben gestellt hat, mit dem Sie Lasten und Freuden Ihres Auftrags teilen? Nehmen Sie diese Menschen nicht selbstverständlich hin. Sie sind Geschenke, die zu lieben sind.

ZUM NACHDENKEN

Ein treuer Gefährte auf der Reise des Lebens ist eine von Gottes größten Gaben.

OFT ÜBERSEHEN

»Wir sind in den alten Listen
und in den alten Geschichten
anscheinend immer vergessen worden.«
(Merry zu Baumbart – 3. Buch, Kapitel 4)

Es ist eine Sache, klein zu sein. Es ist eine ganz andere, völlig übersehen zu werden. Eine unschöne, aber recht häufige Erfahrung für Merry, Pippin und die anderen ihrer Art. Natürlich gab es auch Vorteile, unbekannt zu sein. Das Volk von Hobbingen war sich hauptsächlich selbst überlassen, um die einfachen Freuden des Lebens in Auenland zu genießen. Anders als Gandalf, beachtete sie keiner der Weisen. Um Geschichten von zunehmender Finsternis sorgten sich andere, selbst Sauron schien Hobbits für harmlos zu halten und in Ruhe zu lassen. Doch neben den Vorteilen sind selbst kleine Leute stolz auf ihre Geschichte und ihr Wesen und mögen nicht völlig unbeachtet bleiben, so als ob ihre Existenz von keiner Bedeutung wäre.

Außerhalb von Auenland enthielten die alten Listen nichts über die Hobbits. Wenn überhaupt erwähnt, wurden sie als »Halblinge« – ein wenig schmeichelhafter Name – bezeichnet. Trotz einer langen und sogar wundersamen eigenen Geschichte wurden die Hobbits von den anderen Bewohnern der Mittelerde meistens ignoriert. Aber eines Tages wurde das anders.

Es begann, als Bilbo Beutlin von Gandalf zum Abenteuer gerufen wurde und ihn und andere seiner Rasse in eine große Geschichte hineinbugsierte. Nachdem er den Einen Ring hatte, wussten sie, dass Unbekanntheit nicht länger möglich war. Die einst abgesondert lebenden Hobbits waren nun der Gegenstand großen Interesses, besonders seitens des Dunklen Herrschers von Modor.

> »Um dir die Wahrheit zu sagen«, antwortete Gandalf, »ich glaube, dass ihm bisher – *bisher*, wohlgemerkt – die Existenz des Hobbitsvölkchens vollkommen entgangen ist. Dafür solltet ihr dankbar sein. Aber mit eurer Sicherheit ist es vorbei.« [12]

Wenn auch ein kleines und einfaches Volk, wurden die Hobbits auserwählt, einen übergeordneten Zweck zu erfüllen. Ihre unschuldige und gutmütige Natur hatte eine Schlüsselfunktion in dem zu erfüllenden Auftrag. Frodo und seine Freunde wurden zu einem Auftrag berufen, der nicht einfach durch reine Kraft oder Weisheit gelöst werden konnte. Er erforderte Eigenschaften, die vom Reiz der Ehre und Berühmtheit unbefleckt waren.

Elrond beschrieb den Auftrag Frodos als »einen, der von den Schwachen mit ebenso viel Hoffnung unternommen werden konnte wie von den Starken«. Die Schwachen, wusste er, wurden nicht durch die Macht versucht. Frodos Selbstbeherrschung in Bezug auf den Ring qualifizierte ihn zum Ringträger. Wie Faramir beobachtete: »Und ich bewundere dich, dass du ihn verborgen hältst und nicht gebrauchst! Ihr seid ein neues Volk und eine neue Welt für mich. Sind bei euch alle von solcher Art? Dann muss euer Land ein Land des Friedens und der Genügsamkeit sein, und Gärtner müssen dort hohes Ansehen genießen.« [13]

Und daher, als Ironie des Schicksals, wird der größte Auftrag dem kleinsten Volk gegeben, und die Namenlosen wurden berufen, die Bekannten zu schützen.

Abraham war ein alternder Nomade, der keine Hoffnung mehr auf Kinder besaß. Gott erwählte ihn zum Vater einer großen Nation.

Josef war ein vielleicht zu sehr verwöhntes Kind. Gott gebrauchte ihn, um die Welt vor dem Verhungern zu retten.

Mose stotterte, wenn er nervös wurde. Er wurde Gottes Instrument, um Millionen von Menschen aus der Versklavung zu befreien und die Zehn Gebote zu erhalten.

David war ein mit Schleuder und Holzkeule bewaffneter Junge, der die Schafe in den Bergen hütete. Gott machte ihn zu einem Riesen-Töter und zu einem großen König.

Die zwölf Jünger waren ein zusammengewürfelter Haufen. Aber Jesus lud sie ein, ihm zu folgen, und gebrauchte sie, um die Welt zu verändern.

Die Geschichten gehen so weiter. Sie handeln von einem der großen Widersprüche des christlichen Glaubens. Aus einem unerfindlichen Grunde wählt Gott jene, von denen wir es am wenigsten erwarten, um seinen wichtigsten Auftrag zu erfüllen. Einige, wie unsere Hobbitfreunde, steigen aus der völligen Bedeutungslosigkeit heraus in große Berühmtheit hinein. Andere bleiben anonym. Alle werden auf Arten und Weisen gebraucht, wie sie es niemals gedacht hatten. Und hier liegt das Geheimnis: Sie wurden nicht trotz ihrer Schwachheit gewählt, sondern gerade ihretwegen.

Einigen, wie dem Apostel Paulus, musste eine Schwäche gegeben werden, um die Anfälligkeit für Stolz auszugleichen. Unter den Besten und Klügsten seiner Generation war Paulus für den Erfolg prädestiniert. »Wenn irgendein anderer meint, auf Fleisch vertrauen zu können – ich noch mehr«, erzählte er der Gemeinde in Philippi. »Beschnitten am achten Tag, vom Geschlecht Israel, vom Stamm Benjamin, Hebräer von Hebräern; dem Gesetz nach ein Pharisäer, ... der Gerechtigkeit nach, die im Gesetz ist, untadelig geworden.« Aber, wie er später lernen musste, standen diese Stärken seiner Brauchbarkeit im Wege. »Aber was auch immer mir Gewinn war, das habe ich um Christi willen für Verlust gehalten.« (Philipper 3,4-7)

Mit Blindheit geschlagen, begann Paulus sein Glaubensabenteuer in der Abhängigkeit von anderen. Der Rest seines Dienstes wurde von etwas erschwert, was er als Dorn im Fleische beschrieb, einem ständigen Mahner, dass Gott unser Vertrauen, nicht unsere Kompetenz wünscht. Sicherlich kann und wird er Letztere gebrauchen. Doch zuerst müssen wir mit Paulus erkennen: »Wenn ich schwach bin, dann bin ich stark.« (2. Korinther 12,10)

Erinnern Sie sich, was geschah, als Samuel zum Hause Isais ging, um den nächsten König Israels zu salben? In der Meinung, Gott wolle den stärksten Führer gebrauchen, wählte Samuel den eindrucksvollen Eliab, weil dieser königliche Qualitäten zeigte. Aber Gott sagte: »Sieh nicht auf sein Aussehen und auf seinen hohen Wuchs! Denn ich habe ihn verworfen. Denn der HERR sieht nicht auf das, worauf der Mensch sieht. Denn der Mensch sieht auf das, was vor Augen ist, aber der HERR sieht auf das Herz.« (1. Samuel 16,7)

Wen wählt dann Gott aus? Wen beruft er, um seine großen Absichten zu erfüllen? Kurz und bündig gesagt: Er beruft die Einfachen und Schwachen.

> Denn seht, eure Berufung, Brüder, dass es nicht viele Weise nach dem Fleisch, nicht viele Mächtige, nicht viele Edle sind; sondern das Törichte der Welt hat Gott auserwählt, damit er die Weisen zuschanden mache; und das Schwache der Welt hat Gott auserwählt, damit er das Starke zuschanden mache. Und das Unedle der Welt und das Verachtete hat Gott auserwählt, das, was nicht ist, damit er das, was ist, zunichte mache, dass sich vor Gott kein Fleisch rühme. (1. Korinther 1,26-29)

ZUM NACHDENKEN

Gott gebraucht oft jene, von denen wir es am wenigsten erwarten, um seine größten Werke zu vollbringen.

KEINE SICHERHEIT

»Doch wenn wir daheim blieben und nichts täten,
träfe uns das Verhängnis dennoch, früher oder später.«
(Baumbart – 3. Buch, Kapitel 4)

Merry und Pippin haten eine ziemliche Tortur durchlebt. Auf der Suche nach Frodo von ihrer Gruppe getrennt, wurde das Paar von einer Bande widerlicher Orks gefangen genommen. Hätte nicht eine Scheinattacke die Aufmerksamkeit der Orks abgelenkt, hätten die beiden wohl nicht entkommen können. Glücklicherweise gelang es ihnen, in den Wald von Fangorn zu flüchten, wo sie der seltsamsten Kreatur begegneten, die sie jemals gesehen hatten: ein Ent namens Baumbart.

Ents waren 4,20 m groß. Sie schienen eine Kreuzung zwischen einem Baum und einem Menschen zu sein. Obwohl einst eine hohe Zahl von ihnen die Weiten der Mittelerde durchzogen hatten, waren im dritten Zeitalter nur wenige Ents übriggeblieben. Baumbart war noch immer in der Lage zu reden und zu gehen, doch die meisten waren »bäumisch« geworden, hatten aufgehört zu sprechen und sich fortzubewegen. Als Wächter des Fangornwaldes war Baumbart auch eines der ältesten Lebewesen der Mittelerde. Mit einer Weisheit, die nur durch ein langes Leben erworben werden kann, kannte Baumbart die Lieder, die seit dem Anfang der Zeit gesungen wurden, und schien die große Geschichte zu verstehen, von der jeder einen Teil erzählte.

Die Hobbits hatten noch nie einen Ent gesehen, und Baumbart noch nie einen Hobbit. Keiner von beiden hatte vom anderen gewusst, was einen kurzen Augenblick des vorsichtigen Abtastens verursachte. Doch der Funke der Freundschaft sprang über, als sie entdeckten, dass beide die Gesellschaft von Gandalf genossen hatten. Nicht lange und Merry und Pippin erzählten Einzelheiten ihrer eigenen Geschichte sowie einen Bericht von

Gandalfs Tod. Ihre Frage, ob Baumbart und seine Freunde an dem Kampf für das Gute teilnehmen würde, beantwortete er damit, dass Ents sich allein hielten wie die Hobbits.

Die Hobbits folgten Baumbart auf seiner Reise zur Versammlung der Ents. Lange von den Orks, die Saruman dienten, schikaniert, schlossen sie sich schließlich zusammen, um zu entscheiden, was dagegen zu tun sei. Nach einer langen Diskussion in einer Sprache, die keiner der Hobbits verstand, entschieden sich die Ents, nach Süden zu marschieren und die Festung Sarumans anzugreifen.

Während des Marsches mit der Armee der Ents bemerkten Merry und Pippin die nüchterne Haltung von Baumbart. Seine Augen waren traurig, wenn auch nicht unglücklich, wie jemand, der spürt, dass die bevorstehende Schlacht einem übergeordneten Ziel dient, jedoch mit großem Verlust ausgehen kann. Sie lauschten ihrem riesigen Freund, wie er über die Möglichkeiten des Sieges oder der Niederlage sinnierte. Baumbart wusste, dass die Ents ihrer Vernichtung entgegen gehen könnten. Aber Schutz im Wald zu suchen, wäre größere Narrheit gewesen. Die finsteren Pläne Sarumans erlaubten es nicht länger, sich ruhig zu verhalten. Gleich, was kommen mochte, es war an der Zeit, mit in den Kampf zu ziehen.

Die Raufbolde vom Schulhof beginnen damit, sich die kleinen, unbeliebteren Mitschüler als Opfer auszusuchen. Andere schauen von ferne zu, froh darüber, dass es jemanden anders als sie selber trifft. Was sie nicht begreifen, ist, dass ihre eigene feige Zurückhaltung, dem Schwachen beizustehen, letztendlich sie selbst in Gefahr bringt. Eine Einschüchterung aller oder der meisten Schüler bleibt unausweichlich, wenn die Rabauken sehen, dass es keine Gegenwehr gibt. Früher oder später werden alle Kinder terrorisiert.

Die Geschichte der Menschheit zeigt, dass Selbstzufriedenheit und Wegschauen den Finsteren zu Missetaten ermutigt. Nur ein aktiver, bewusster Einfluss seitens des Guten kann der sich steigernden Natur des Bösen etwas entgegensetzen. Und wenn das Böse naht, gibt es keinen sicheren Hafen für den Passiven.

Die Welt der Hobbits war ein friedevoller, glücklicher Ort, aber Frodo und seine Kameraden konnten nicht in bequemer Trägheit verweilen und sich den Berichten wachsender Gefahr verschließen. »Rings um euch liegt die weite Welt«, sagte ihnen Gildor. »Ihr mögt euch einzäunen, aber euer Zaun wird sie nicht für immer fernhalten.«[14] So hätten auch Baumbart und sein Volk sich in dem schwindenden Schutz des Fangornwaldes weiter verstecken können. Doch Finsteres nahte und erforderte ein aktives Entgegentreten des Guten.

In der biblischen Geschichte von Königin Esther gab es einen gemeinen Plan, der ein heldenhaftes Risiko erforderte. Nachdem Esther von dem geplanten Mord an ihrem Volk gehört hatte, sah sie sich vor die Wahl gestellt zwischen der Fürsprache für die Juden und dem stillen Bewahren ihres eigenen Lebens. Es war auch ihr unter Todesstrafe untersagt, ungerufen in die Gegenwart des Königs zu treten. Wenn sie einfach ruhig bliebe, wäre ihr wahrscheinlich nichts geschehen. Doch wenn sie dem König nahte, um für ihr Volk zu bitten, könnte es ihren Tod bedeuten. Mit ihrer persönlichen »Stunde der Wahrheit« konfrontiert, bekam die junge, verängstigte Frau den Rat ihres Cousins Mordechai:

> Bilde dir nicht ein, du könntest dich mit deinem Leben im Haus des Königs allein von allen Juden in Sicherheit bringen! Denn wenn du zu diesem Zeitpunkt wirklich schweigst, so wird Befreiung und Errettung für die Juden von einem andern Ort her erstehen. Du aber und das Haus deines Vaters, ihr werdet umkommen. Und wer weiß, ob du nicht gerade für einen Zeitpunkt wie diesen zur Königswürde gelangt bist? (Esther 4,13-14)

Mordechai wollte nicht, dass Esther den Eindruck bekam, sie sei die einzige Rettung für ihr Volk. Darum bat er sie nicht einzuschreiten. Er sagte: *Wenn du zu diesem Zeitpunkt schweigst, so wird Befreiung und Errettung für die Juden von einem anderen Ort her erstehen.* Mordechai wusste, dass Gott einen Plan für das jüdische Volk hatte, welcher eine völlige Ausrottung unmöglich machte. *Du aber und das Haus deines Vaters, ihr werdet umkommen.* Er wusste aber auch, dass Esthers eigene Sicherheit mit ihrer Wahl zusammenhing. *Und wer weiß, ob du nicht gerade für einen Zeitpunkt wie diesen zur Königswürde gelangt bist?* Sie war berufen worden, eine Rolle in dem Stück zu spielen, eine, die sie nicht erfüllen konnte, wenn sie still blieb. Das Böse näherte sich und selbst der Palast bot keinen Schutz. Und so, der Ermahnung ihres Onkels folgend, riskierte sie ihr eigenes Leben für das der anderen.

> Und sodann will ich zum König hineingehen, obwohl es nicht nach dem Gesetz ist. Und wenn ich umkomme, so komme ich um! (Esther 4,16)

Wie Esther, Frodo und Baumbart stehen wir vor einer Entscheidung. Wir mögen unsere eigene Sicherheit und Bequemlichkeit suchen, indem wir unsere Ohren vor den Schreien der Schwachen und unsere Augen vor der näher kommenden Gefahr schließen. Oder wir können unseren Einfluss zum Guten gebrauchen und in den Kampf ziehen, indem wir in den aktiven Widerstand gegen das Böse eintreten.

ZUM NACHDENKEN

Nur ein aktiver, bewusster Einfluss seitens des Guten kann der sich steigernden Natur des Bösen etwas entgegensetzen.

GEHEIMNISVOLLES LICHT

»Und dass wir versuchen könnten, den Ring zu vernichten,
fällt ihm in seinen bösesten Träumen nicht ein.«
(Gandalf zu den Gefährten – 3. Buch, Kapitel 5)

Für Aragorn, Legolas und Gimli war es, um es mit Dickens' Worten zu sagen, die besten Zeiten und die schlimmsten Zeiten.

In dem Wald von Fangorn hatten sie sich glücklicherweise getroffen. Gandalf war zurückgekehrt. Aus der Schlucht von Moria, aus dem Feuer und der Dunkelheit und der Mühsal und der unaussprechlichen Furcht war er zurückgekehrt. Und er war verändert, wundersam verändert. Gandalf der Graue war Gandalf der Weiße geworden: Mithrandir. Der weiße Reiter. Ein fürchterlicher und passender Gegner der Neun, die im Auftrag des Dunklen Herrschers durchs Land ritten. Einem solchen Führer zu folgen, bedeutete für Elben, Menschen, Zwerge und Hobbits, dem finsteren Schatten mit neuem Mut und neuer Hoffnung entgegenzutreten.

Aber das Dunkle wuchs und warf einen Schatten auf die Freude ihrer Wiedervereinigung. Und der Ringträger bewegte sich direkt auf dessen schwarzes Herz zu, losgelöst von der Hilfe oder Kontrolle des Weißes Reiters und seiner Gefährten. Das Schicksal der ganzen Welt hing an einem seidenen Faden. Und keiner, nicht einmal der mächtige Mithrandir, konnte sagen, wie es enden würde.

»Hoffnung bedeutet nicht Sieg«, sagte ihnen Gandalf. »Wir sind im Krieg, … einem Krieg, in dem uns allein der Gebrauch des Ringes die Sicherheit des Sieges geben könnte.« Alle wussten, dass er die Wahrheit sprach.

Die Sicherheit des Sieges. Und sie hatten diese Sicherheit weggegeben. Ganz bewusst. Es war von Anfang an ihr Plan und ihre

Absicht gewesen. Der Ring musste vernichtet werden, denn seine Kraft war einschmeichelnd und trügerisch und würde letztendlich den Niedergang und die Verderbtheit jedes Einzelnen mit sich bringen, der ihn benutzen würde.

Die Strategie war so verrückt und so unsicher, wie sie unausweichlich und notwendig war. Dennoch hatte sie einen großen Vorteil. Der Feind würde es niemals erwarten.

»Er nimmt an, dass wir alle nach Minas Tirith gehen«, vermutete Gandalf. Und nach allem, was er weiß, wäre dies ein schwerer Schlag für ihn. ... Und dass wir versuchen könnten, den Ring zu vernichten, fällt ihm in seinen bösesten Träumen nicht ein.«

Wie könnte Sauron jemals solch ein Gedanke gekommen sein? Dass irgendjemand so viel Macht in seinen Händen hält und es ablehnt, sie zu nutzen, dieser Gedanke war für eine Seele, die durch ihr Verlangen nach Selbstverherrlichung verdunkelt war, völlig unvorstellbar.

Wer wird Millionär? Es ist nicht nur der Titel einer beliebten Fernsehspielshow (zur Zeit wohl eine der beliebtesten). Es ist eine Frage, die das Mark unseres gesellschaftlichen Wertesystems trifft, ein Kreuzverhör, das viele von uns im Innersten trifft. Wer *möchte* nicht gern Millionär sein?

»Was werden Sie mit der Million machen, wenn Sie gewinnen?«, fragt der lächelnde Gastgeber. »Meine Bafög-Schulden bezahlen«, antwortet der nervöse Kandidat. Andere möchten sich ein Haus kaufen, ihren Kindern das Studium finanzieren, ihre liebsten Wohltätigkeitsvereine unterstützen.

Und als Zuschauer nicken wir zustimmend, weil man so viel mit einer Million machen kann. So viel Gutes. Eine Million bedeutet Macht in den Händen dessen, der sie besitzt. Macht zu tun, was er oder sie will. Warum würde jemand solch eine Gelegenheit in den Wind schlagen?

Wer nähme nicht die Welt, wenn sie ihm angeboten würde? Erstaunlicherweise tat der Mann, der das größte Anrecht darauf gehabt und der das Beste damit getan hätte, es nicht.

> Wiederum nimmt der Teufel ihn mit auf einen sehr hohen Berg und zeigt ihm alle Reiche der Welt und ihre Herrlichkeit und sprach zu ihm: Dies alles will ich dir geben, wenn du niederfallen und mich anbeten willst. Da spricht Jesus zu ihm: Geh hinweg, Satan! Denn es steht geschrieben: »Du sollst den Herrn, deinen Gott, anbeten und ihm allein dienen.« (Matthäus 4,8-10)

In seinem Brief an die Philipper schreibt Paulus etwas, was wohl als die beste Zusammenfassung dieses Ausschnitts aus dem Leben Jesu betrachtet werden kann:

> Habt diese Gesinnung in euch, die auch in Christus Jesus war, der in Gestalt Gottes war und es nicht für einen Raub hielt, Gott gleich zu sein. Aber er machte sich selbst zu nichts und nahm Knechtsgestalt an, indem er den Menschen gleich geworden ist, und der Gestalt nach wie ein Mensch befunden, erniedrigte er sich selbst und wurde gehorsam bis zum Tod, ja, zum Tod am Kreuz. (Philipper 2,5-8)

Warum nahm Jesus nicht die Welt, als sie ihm auf einem silbernem Tablett angeboten wurde? Warum, obwohl die Glaubensbekenntnisse bestätigen, dass er wahrer Gott vom wahren Gott war, zog er den Schluss, dass Göttlichkeit zusammen mit unendlicher Macht und das Potenzial, das sie beinhaltet, nicht einfach so »ergriffen« werden kann? Als die Möglichkeit anklopfte, warum öffnete er nicht einfach die Tür?

Jenen von uns, die die Grundsätze des christlichen Glaubens gelernt haben, scheint die Antwort offensichtlich. Erstens *konnte* Jesus kein Angebot, das aus den Händen des Satans kam, annehmen. Das machte diese Sache unmöglich. Zweitens wissen wir, dass Jesus wegen eines ganz anderen Auftrags in die Welt gekommen war: Nicht um zu herrschen, sondern um zu leiden und zu sterben.

Diejenigen jedoch, die wenig vom Christentum wissen, werden noch eine grundsätzliche Frage stellen wollen. Warum der Tod an einem Kreuz? Warum war dies das einzige Ziel, nach dem Jesus strebte? War das wirklich die beste und effizienteste Art, seine Zeit und Kraft einzusetzen? Warum ergriff er nicht das Schwert, als es ihm gereicht wurde?

Mehrere Figuren gehen durch die weiten Lande der Mittelerde und stellen die gleichen Fragen. »Warum nicht?«, flüstert Saruman Gandalf zu. »Der Herrschende Ring? Wenn wir ihn hätten, würde auf *uns* die Macht übergehen.«

»Ich verstehe all das nicht«, widerspricht Boromir vor dem Rat bei Elrond. »Warum sollten wir nicht denken, dass der Große Ring in unsere Hände gekommen ist, um uns in unserer Stunde der Not seiner zu bedienen?«

»In dieser Stunde«, sagt Boromirs Vater, Denethor, Statthalter von Gondor, »den Ring in den Händen eines dummen Halblings in das Land des Feindes selbst zu schicken, so wie ihr es tatet, … ist irrsinnig.«

Auch Gollum überlegt auf seine eigenen kleine und gemeine Weise, was mit der grenzenlosen Kraft des Ringes gemacht werden könnte: »Wenn wir ihn hätten, dann könnten wir entkommen, selbst vor ihm, nicht wahr? Vielleicht werden wir sehr stark, stärker als Wichte. Und der Herrscher Sméagol? Oder wie Gollum, der Große? Ja, Gollum! Jeden Tag Fisch essen, dreimal täglich, frisch aus dem Meer.«

Die Frau Galadriel stellt sich auch einen alternativen Weg vor. »Gegrübelt habe ich viele Jahre lang, was ich tun könnte, fiele mir der Große Ring in die Hände. … Und nun endlich fällt er mir zu! Sogar freiwillig würdest du ihn mir geben! An die Stelle des Dunklen Herrschers willst du eine Königin setzen. Und keine dunkle Königin werde ich sein, sondern schön und schrecklich wie der Morgen und die Nacht.«

Aber Galadriel widersteht, wie auch Gandalf schließlich der Versuchung. Warum? Weil Tolkiens Ring, wie das Angebot des Teufels, durch und durch schlecht und auf bedrohliche Weise mächtig ist. Es ist schließlich der Eine Ring, der einzige kleine Punkt, an dem die Möglichkeit der umfassenden Herrschaft, die Fähigkeit *zu tun, was immer man will*, festgemacht wird. Und darin liegt, wie der Weise sehr wohl weiß, die Saat des Bösen selbst – das gleiche Böse, das die Welt seit dem Beginn der menschlichen Geschichte infiziert hat.

Christus wählte einen anderen Weg. Er entschied sich, etwas anderes zu tun. Er ließ die großartige Möglichkeit an sich vorbeiziehen. Er war *gehorsam bis zum Tode, ja bis zum Tode am Kreuz* (Philipper 2,8). Indem er das tat, entzündete er ein Licht, das groß genug ist, die Finsternis zu vertreiben.

Das Licht, wie Gandalf versicherte, ist der bösen Seele ein großes Geheimnis. Das große Rote Auge besitzt nicht die Fähigkeit, es zu sehen.

> Denn was hat die Gerechtigkeit zu schaffen mit der Ungerechtigkeit? Was hat das Licht für Gemeinschaft mit der Dunkelheit? (2. Korinther 6,18)

> Und das Licht scheint in der Finsternis, und die Finsternis hat es nicht erfasst. (Johannes 1,5)

Das ist der Grund, warum Sauron es überhaupt nicht kommen sah. Satan tat es auch nicht. Aber für jene, die glauben, ist es anders, denn wir, mit den Worten der Apostel gesprochen, »haben aber Christi Sinn« (1. Korinther 2,16).

ZUM NACHDENKEN

Eine böse Seele wird von den Wegen des Guten vor ein Rätsel gestellt.

VERDERBLICHE MACHT

»Aber die Bosheit frisst den Kerl von innen auf
wie ein Krebsgeschwür und wächst in ihm.«
(Faramir zu Frodo – 4. Buch, Kapitel 6)

Frodo und Sam hatten einen unerwarteten Freund und Verbündeten entdeckt. Faramir, der Feldhauptmann von Gondor, Sohn des Denethor und Bruder des erschlagenen Boromi,r hatte die Hobbits während einer Patrouille in den Wäldern von Ithilien entdeckt. In der Höhle von Henneth Annûn, Festung der Männer von Gondor, führten sie lange Gespräche miteinander, und vieles wurde auf beiden Seiten offenbart.

Während sie dort waren, fand sich auch Sméagol nach verdächtig langer Abwesenheit wieder ein. Sie fanden ihn am Rande des Bewachten Fischteichs, der im Dunkel außerhalb der Höhle lag, lauernd. Faramirs Leute fingen ihn unversehens und brachten ihn zurück in Frodos Obhut.

Nun war es an der Zeit, diesen Ort der Sicherheit zu verlassen und die schreckliche Reise wieder aufzunehmen. Frodo wollte seine Abmachung mit Sméagol, der bis dahin ihr Führer gewesen war, wieder erneuern. Aber Faramir, der annahm, dass Gollum die Halblinge durch den dunklen und widerlichen Pass des Cirith Ungol führen wollte, fürchtete sich, sie in seiner Begleitung zu lassen. »Er ist bösartig«, sagte der Feldhauptmann. »Wo er dich hinführt, erwartet dich nichts Gutes.«

Das war genau im Sinne Sams. Er vertraute der armseligen Kreatur nur sehr bedingt. Wie konnte er auch? Er erinnerte sich an die Nacht in den Totensümpfen, als er erwachte und die »beiden Gollums« entdeckte: Stinker und Schleicher nannte er sie, die in einem beängstigenden Gespräch über den schlafenden Ringträger verharrten. Gollum argumentierte ... mit sich selbst. Und der Ausgang war ungewiss.

> »Sméagol hat versprochen, dem Chef zu helfen ...«, hörte Sam Schleicher wimmern. »Wir wollen ihn [den Ring]!«, zischte Stinker als Erwiderung und schob beide Arme, die langen Finger zuckend gekrümmt, zu Frodos Hals hin. »Doch! Wir wollen ihn! Wollen ihn!«

Nicht auszudenken, was geschehen wäre, hätte Sam ihn nicht mit einem übertriebenen Gähnen unterbrochen. Er wusste, dass der Ring einen schrecklichen Einfluss auf Sméagol ausübte, einen Einfluss, der kaum zu unterbinden war. Und er ängstigte sich vor dem, was dies bedeuten konnte.

Frodo wusste es natürlich auch. Hatte er nicht Faramir erzählt, dass Gollum durch »ein gebieterisches Verlangen, das ihn alle Vorsicht vergessen lässt«, zum Bewachten Fischteich gelockt worden war. Frodo hatte das Resultat des gebieterischen Verlangens gesehen. Dieses Ding hatte den armen Sméagol völlig in der Hand, so dass es sein Leben geworden war, ihn lang und dünn zog, fast überschnappen ließ und ihn von allen Gefühlen bis auf das verzehrende Verlangen nach seinem »Schatz« entleerte.

Etwas in der gleichen Art hatte von dem guten alten Bilbo Besitz ergriffen. Selbst von dem gesunden Einfluss von Bruchtal umgeben, hatte Bilbo der Versuchung nicht widerstehen können, noch einmal den Ring anzuschauen. Selbst dann war der alte Hobbit noch nicht gänzlich von dessen Macht befreit, dabei hatte er ihn nur für etwa fünfzig Jahre getragen. Wie viel stärker musste die Kraft sein, die Gollum gefangen hielt, der den Schatz während Generationen von Hobbits und Menschen besessen hatte, oder vielmehr von ihm besessen wurde. Es war eine Macht, mit der man rechnen musste. Eine Macht, die nicht enden würde.

Frodo stand im Eingang der Höhle und betrachtete Sméagols schmales verschrumpeltes Gesicht. Er erschauderte. War es das, zu dem Bilbo – zu dem Frodo selbst – werden würde, wenn man dem Ring seinen Willen ließe?

»Die Bosheit frisst den Kerl von innen auf wie ein Krebsgeschwür«, hörte er Faramir sagen. »Und es wächst in ihm.«

»Ein jeder aber wird versucht«, schreibt der Apostel Jakobus, »wenn er von seiner eigenen Begierde fortgezogen und gelockt wird. Danach, wenn die Begierde empfangen hat, bringt sie Sünde hervor; die Sünde aber, wenn sie vollendet ist, gebiert den Tod.« (Jakobus 1,14-15)

Bosheit hat eine sich steigernde Art. Es beginnt ganz einfach: mit einem Wunsch. Es beginnt damit, dass man etwas haben und besitzen möchte, um es dann zu eigenen Zwecken zu gebrauchen.

Der Alkohol. Die Droge. Die Frau des anderen. Geld. Macht. Position. Auf der einen Seite bedeuten sie einem nichts. Es ist nicht die Sache selbst, sondern was sie mir bringt, darum geht es. Der Wunsch nach Vergrößerung und Verbesserung des eigenen Ichs dirigiert meine ausgestreckte greifende Hand. Die Hand, die ein Werkzeug braucht, mit dem sie nach der eigenen Vorstellung arbeiten kann.

Es war nicht die Frucht, die die Vorstellungskraft des ersten Mannes und der ersten Frau gefangen nahm. Es war das damit verbundene Versprechen: »Ihr werdet wie Gott sein.«

> Und die Frau sah, dass der Baum gut zur Speise und dass er eine Lust für die Augen und dass der Baum begehrenswert war, Einsicht zu geben; und sie nahm von seiner Frucht und aß, und sie gab auch ihrem Mann bei ihr, und er aß. (1. Mose 3,6)

So gebiert das Verlangen Handlung. Eines kommt zum anderen. Ich recke und strecke mich. Ich greife. Und ein schreckliches Rad ist in Bewegung gesetzt. Den Effekt spürt man fast sofort. Und er endet überraschenderweise nicht in der Verbesserung, sondern in der Minderung des Selbst.

> Da wurden ihrer beider Augen aufgetan, und sie erkannten, dass sie nackt waren; und sie hefteten Feigenblätter zusammen und mach-

ten sich Schurze. Und sie hörten die Stimme Gottes, des HERRN, der im Garten wandelte bei der Kühle des Tages. Da versteckten sich der Mensch und seine Frau vor dem Angesicht Gottes, des HERRN, mitten zwischen den Bäumen des Gartens. (1. Mose 3,7-8)

Meine Hand berührt den erwünschten Gegenstand. Meine Finger umschließen ihn. Aber während noch die Erregung des Besitzens durch meinen Arm und meinen Körper geht, höre ich hinter mir eine Stimme, wie der Schlüssel in einer Tür, der umgedreht wird. Schon ist der Gegenstand gewachsen und ich bin kleiner geworden. Ich bin in der Erkenntnis gefangen, dass es noch nicht genug ist. Dass ich nicht mehr, sondern weniger als vorher bin, und viel weniger, als ich sein sollte. Plötzliche Ängste erheben ihre hässliche Häupter. Ich renne, um mich zu verbergen, suche ein Versteck. In meiner Verzweiflung greife ich wieder zu, nach mehr. Und die Schraube dreht sich weiter nach unten.

Das geschah mit Sméagol. Das helle Ding, das sein Freund Déagol zwischen den Wasserpflanzen fand, war hübscher Nippes, nichts mehr. Es gefiel ihm, und er wollte es haben. Einmal gesehen, wusste er, dass er es haben musste. Und rechtlich gesehen war es seins, nicht wahr? Schließlich war es sein Geburtstag! Und so tötete er seinen Kameraden und floh mit dem schrecklichen Preis. Er versteckte sich im Dunkeln und folgte lichtlosen Straßen hinab in den kalten Keller der Welt, neben den Wurzeln der Berge. Dort lungerte er herum, lebte in nicht enden wollenden Qualen, die ihn aussaugten, und er umklammerte das kostbare Geburtstagsgeschenk, bis es ihn zu einem gespenstischen Diener seiner eigenen unbeherrschbaren Macht degradierte.

Und am Ende sind die Vorzeichen umgekehrt. Die Dinge, die ich am meisten zu besitzen begehrte, besitzen nun mich. Fragen Sie den ehemaligen Börsenmakler, der bei der Suppenküche der Heilsarmee in der Schlange ansteht. Er kennt die Geschichte Sméagols nur zu gut. Er kann Ihnen sagen, wie er dort hinkam. Ebenso die verwitwete Mutter von dreien, die danebenstand und trauerte, während ihr gut aussehender junger Ehemann – ein erfolgreicher Steuerberater, wundervoller Vater und viel geachteter Ältester in der Gemeinde – Stück für Stück durch seine wachsende Versklavung durch Pornographie zerstört wurde. Oder der Spieler, der nichts mehr als die bitteren Erinnerungen von geliebten Menschen hat, die ihn niemals wiedersehen wollen. Er wird Ihnen erzählen, dass die Macht, die er versuchte, für sich nutzbar zu machen, ihm aus den Händen und aus der Kontrolle geriet, bis es zu einem unaufhaltbaren Moloch wurde.

Wenn wir nicht vorsichtig sind, wird in uns das Verlangen nach Besitz wie ein Krebsgeschwür wuchern. Es wächst, bis es all unsere Gedanken ausfüllt, und das Selbst, für das wir einst so große Hoffnungen hegten, aufgehört hat zu existieren.

ZUM NACHDENKEN

Böses kann ich nicht besitzen, sondern es wird mich besitzen.

EINE BLUMENKRONE

»Sie können nicht für immer siegen!«
(Frodo zu Sam – 4. Buch, Kapitel 7)

Es war seltsam. Obwohl sie den Mauern von Modor, der schwarzen, riesigen, formlosen Masse von Ephel Dúath, dem verrufenen Schattengebirge – so nahe waren, schienen die Wälder von Ithilien von der Gefahr aus dem Osten größtenteils unberührt zu sein.

Während er und Sam hinter Gollum herstampften, fand Frodo tatsächlich so etwas wie Trost, als er über und um die zarten und süßen Blumen schritt, die sich über die grasigen Berghänge verteilten. Die blauen und weißen Blüten der Hyazinthen und Anemonen und das zerbrechliche Gelb des Schöllkrauts erweckten in ihm schwache Erinnerungen an Lórien, Bruchtal und das Auenland: Orte, die nun Welten entfernt schienen. Nach allem, was sie durchgemacht hatten, hatten die sanften Wiesen, der kühle grüne Schatten und die Lauben aus Eschen und Eichen, die sie durchschritten, etwas Erholsames an sich. Diese kleinen Rückblenden an Gutes und Schönes, zusammen mit der Erinnerung an Faramirs Freundschaft und Hilfe ermutigte ihn. Und dennoch, trotz allem konnte er sich nicht des Gefühls eines brütenden bevorstehenden Schicksalsschlag erwehren. Der Schatten wuchs und er wusste es.

Zuerst war es nicht mehr als eine Spur in der Luft. Die unnatürliche Stille, die sich mit jedem Schritt zu vertiefen schien. Die verdächtige Abwesenheit von Vögeln und anderen Lebewesen. Später war es eine beengende Schwüle, eine Schwere der Luft, als wenn ein Gewitter nahen würde. Als sie schließlich aus dem Wald heraus in die offene Weite gelangten, gab es keinen Zweifel mehr daran, was sie so bedrückte. Vom Dunkel im Osten bis zu dem letzten hellen Rand blauen Himmels im Westen erstreckte sich eine größer werdende Masse von Wolken und Zwielicht über das gesamte Firmament. Langsam, aber sicher breitete sich die Macht Modors aus.

»Ich fürchte, dass sich unsere Reise dem Ende nähert«, sagte er eines Tages zu Sam, als die Sonne nicht erschien. In der Erde und in der Luft grummelte es wie von fernen Donnern, und am östlichen Horizont gab es eine Andeutung von Feuer. Längst hatte er sich mit diesem hoffnungslosen Auftrag abgefunden. Doch nun spürte er die Hoffnungslosigkeit stärker als je zuvor.

Ein passenderes Bild für seine Verzweiflung hätte er sich nicht vorstellen können als das, was sein Blick beim Erreichen der schicksalsschweren Kreuzung, dem Ausgangspunkt für den letzten Teil ihrer harten Reise in das Schwarze Land, sah. Weit im Westen, jenseits von Minas Tirith und über der See, tauchte die sinkende Sonne unter die raue Kante der wachsenden Dunkelheit und richtete ihre ebenen Strahlen auf eine riesige sitzenden Steinfigur, die Figur eines der altertümlichen Könige Gondors auf einem mächtigen Thron. Der Kopf fehlte und war wie zum Hohn durch einen grob behauenen runden Stein ersetzt worden, auf den ein grinsendes Gesicht gemalt war, mit einem einzigen roten Auge, groß und mitten auf der Stirn. Der Thron und der Sockel waren mit frechen Schmierereien und unzüchtigen Symbolen bedeckt. Das Bild des Edlen und Schönen verschandelt! Es drückte Frodos Gefühle nur zu gut aus und symbolisierte den Gang der Welt in diesen letzten Tagen des dritten Zeitalters der Mittelerde.

Doch da erfasste sein Blick etwas anderes, etwas, das am Wegesrand im letzten Licht der Sonne lag. Es war der Kopf der Statue: zerbrochen, rissig und ohne Augen. Aber um die hohe ernste Stirn spielte ein ungewöhnlicher, blasser Farbtupfer.

»Schau, Sam!«, rief Frodo. »Schau. Der König trägt wieder eine Krone!« Und tatsächlich. Eine Krone aus Blumen. Ein schmales Band aus Grün und Silber und Gold: Ein Rankgewächs mit kleinen weißen Sternblüten hatte die Stirn umwunden.

»Sie können nicht für immer siegen!«, folgerte Frodo. Und es wurde Nacht.

Dunkle Tage bringen es mit sich, das sogar die Erinnerung an das Licht ausgelöscht wird. Gesundheit und Hoffnung sterben leicht ohne stetige Ernährung, so scheint es, während Angst und Pessimismus, wie Schimmel oder Pilze, nur ein wenig dünne Luft und feuchtes Zwielicht brauchen, um zu gedeihen. Es dauert nicht lange und die »guten alten Zeiten« gehören den Legenden und Fabeln an: Dinge, die es nie gab, und die auch nie wiederkommen werden.

Diese Art von Erfahrungen sind nicht so weit entfernt wie wir meinen möchten. Man braucht nur die Acht-Uhr-Nachrichten anzuschalten oder Zeitung zu lesen. *Sechzehn von einem Amokläufer getötet. Mann gibt zu, Säugling zu Tode geschüttelt zu haben. Gründer eines christlichen Wohltätigkeitsvereins der Steuerhinterziehung verdächtigt.* Der Idealismus, einst ein stolzer und mächtiger König, ist von seinem Sockel heruntergestoßen und zerbrochen. Seine Krone rollt in den Staub. Das Böse scheint am Ende des Tages Sieger zu sein. Der Zynismus erhebt sein boshaft grinsendes, einäugiges Haupt und bedeckt unsere geliebtesten Vorbilder mit seinem schmutzigen Graffiti. Es wird leicht, die Erde für einen schlechten Witz zu halten.

Der Prophet Jeremia beklagte genau diese Sache:

> Warum ist der Weg der Gottlosen erfolgreich, warum haben Ruhe alle, die Treulosigkeit üben? Du hast sie gepflanzt, sie haben auch Wurzeln geschlagen; sie wachsen, tragen auch Frucht. Nahe bist du in ihrem Mund, doch fern von ihren Nieren. (Jeremia 12,1-2)

Dieselbe Dunkelheit kann ganz plötzlich und viel persönlicher einfallen. Sie senkt sich auf uns herab mit dem ernsten Gesichtsausdruck und dem Kopfschütteln des Arztes. Sie fällt wie ein Donner, wie der letzte Vorhang bei einem Stück, wenn er das Wort »bösartig« oder »unheilbar« ausspricht. Sie wächst und regiert in der Stille eines gefühlskalten Ehegatten. Sie haut uns um, wenn die

Tochter oder der Sohn uns die Worte »Ich hasse dich!« entgegenschleudert und die Tür zuknallt. »Ich habe jemand anderen gefunden«, sagt eine entfernte Stimme am anderen Ende der Leitung. Und mit Frodo seufzen und sagen wir: »Ich fürchte, unsere Reise nähert sich ihrem Ende.« Es war ein guter Kampf, solange er andauerte, aber nun ist alles vorbei. Der Schatten hat gesiegt.

Viele gläubige Christen fühlen am Anfang des dritten Jahrtausends, dass sie einiges mit den Elben am Ende des dritten Zeitalters der Mittelerde gemeinsam haben. Unsere Welt wird immer schlechter. Viele gute Dinge vergehen und die meisten sind schon lange Vergangenheit. Der Hauch des Bösen breitet sich aus, wächst und hüllt alles ein. Die nachchristliche Ära ist angebrochen. Einige wenige Inseln des gesunden Verstandes und der Güte sind übriggeblieben, hier ein Bruchtal, dort ein Lothórien, aber auch sie werden bald fort sein. Wir haben tapfer an der Front gekämpft, aber unser Abgang ist nahe. Lasst uns die Türen verriegeln, die Luken dicht machen und verschwinden, solange wir es noch können. Das Ende ist nah.

In solchen Augenblicken werden wir von einem Flüstern in unserem Ohr zurückgehalten. Wie der Mann im Ohr sagt eine leise Stimme: »Sam Gamdschies alter Ohm hatte Recht: *Wo es Leben gibt, gibt es auch Hoffnung.*« Wir wenden uns um, schauen zur Seite und da, in einer unbeachteten Ecke, wo es niemand erwartet hätte, entdecken wir frisches neues geistliches Leben – zerbrechlich vielleicht, klein und zart, aber zäh und unbesiegbar.

Diese Erfahrung hat die christliche Gemeinde immer wieder in den langen Jahrhunderten ihrer Geschichte gemacht. Gerade wenn der Tod den Sieg errungen zu haben schien, brach die harte, trockene Erde auf und etwas Grün, mit Silber und Gold gekrönt, wuchs hervor. Plötzlich erinnern wir uns: Christus lebt. Und weil er lebt, ist die Niederlage des Feindes sicher. Es ist nur eine Frage der Zeit.

Wie Frodo verstand der Psalmist diese Wahrheit erst nach einer langen entbehrungsreichen Reise:

> Da dachte ich nach, um dies zu begreifen. Eine Mühe war es in meinen Augen, bis ich hineinging in das Heiligtum Gottes. Beden-

ken will ich dort ihr Ende. Fürwahr, auf schlüpfrige Wege stellst du sie, du lässt sie in Täuschungen fallen. Wie sind sie so plötzlich zum Entsetzen geworden! Sie haben ein Ende gefunden, sind umgekommen in Schrecken. Wie einen Traum nach dem Erwachen, so verachtest du, Herr, beim Aufstehen ihr Bild. (Psalm 73,16-20)

Noch kurze Zeit, und der Gottlose ist nicht mehr; und siehst du dich um nach seiner Stätte, so ist er nicht da. Aber die Sanftmütigen werden das Land besitzen und werden ihre Lust haben an Fülle von Heil. (Psalm 37,10-11)

Der britische Journalist, Kritiker und Essayist Malcolm Muggeridge drückte es so aus:

Lasst uns denn als Christen uns darüber freuen, dass wir um uns herum den Verfall der Institutionen und der Instrumente der Macht sehen. Imperien beginnen zu zerfallen, Geld ist in völliger Unordnung, Diktatoren und Parlamentarier werden gleicherweise vom Durcheinander und von den Konflikten, in die sie verstrickt sind, irritiert. Denn genau dann, wenn irdische Hoffnungen gesucht und nicht gefunden wurden, wenn sich alle nur denkbaren weltlichen Hilfsquellen als trügerisch erwiesen und sich jede moralische wie auch materielle Zuflucht, die die Welt bietet, als ungenügend erwies, wenn in der eisigen Kälte das letzte Stück Holz ins Feuer geworfen wurde und in der sich sammelnden Dunkelheit das letzte Glimmen des Lichtes verlöscht ist, dann streckt Christus seine sichere und starke Hand aus. [15]

Darum seid fröhlich, ihr Himmel, und die ihr in ihnen wohnt! Wehe der Erde und dem Meer! Denn der Teufel ist zu euch hinabgekommen und hat große Wut, da er weiß, dass er nur eine kurze Zeit hat. (Offenbarung 12,12)

ZUM NACHDENKEN

Das Böse mag für einen Tag die Oberhand haben, aber seine letztendliche Niederlage ist sicher.

EIN GUTES ENDE

»Wir hören nur von denen, die weitergegangen sind –
und nicht immer zu einem guten Ende, wohlgemerkt;
wenigstens nicht zu einem, das Leute,
die in einer Geschichte drinstecken und nicht bloß davon hören,
ein gutes Ende nennen.«
(Sam zu Frodo – 4. Buch, Kapitel 8)

Ein hinterhältiger Gollum hatte Frodo und Sam an einen furchtbaren Ort geführt. In der Hoffnung, einen unbewachten Weg nach Modor zu entdecken, fanden die Hobbits sich stattdessen auf den scheinbar endlosen Stufen des Cirith Ungol wieder. Passend mit »Spinnenpass« übersetzt, verströmte der dunkle Tunnel den faulen Gestank des Todes. Von ihrem gefährlichen Abstieg erschöpft, rasteten Frodo und Sam bei ihrer, wie sie dachten, letzten Mahlzeit. Die gefährlichste Pflicht ihres Auftrags war nahe und ließ keine Zeit für Hunger oder Müdigkeit. Daher rasteten sie unter den Schatten drohender Gefahren.

Sam misstraute Gollum als Führer, davon überzeugt, dass er sie in Feindeshand ausliefern würde. Es lag auf der Hand, dass Gollum nur den Ring haben wollte und alles dafür täte, um ihn zurückzubekommen. Die Leben der beiden Hobbits wären nur eine kleiner Preis für seinen »Schatz« gewesen. Aber Frodo bestand darauf, ihm zu folgen, sicher, das diese erbärmliche Kreatur vielleicht noch eine wichtige Rolle in ihrem Schicksal spielen könnte.

Während sie aßen, überdachten Sam und Frodo ihre Situation, und wunderten sich darüber, wie sie Teil eines solch großen Abenteuers hatten werden können, obwohl doch keiner der beiden darauf aus gewesen war. In den alten Geschichten schien das mutige Volk immer nach Abenteuern zu suchen, als ob es der Langeweile entfliehen müsste. Aber vielleicht auch nicht. In den besten Geschichten steht der Held immer solchen Gefahren gegenüber, die er freiwillig nicht suchen würde. In jenen Abenteuern widerstehen die einfachen Leute dem Drang, umzukehren oder sich zu verstecken. Stattdessen sammeln sie ihren ganzen Mut, um die Angst zu überwinden und der Gefahr ins Auge zu sehen.

> »Aber ich nehme an, sie hatten noch Gelegenheit genug, wie wir auch, kehrtzumachen, nur haben sie's nicht getan«, überlegte Sam. »Und hätten sie's getan, dann wüssten wir's nicht, denn dann hätte man sie vergessen. Wir hören nur von denen, die weitergegangen sind – und nicht immer zu einem guten Ende, wohlgemerkt; wenigstens nicht zu einem, das Leute, die in einer Geschichte drinstecken und nicht bloß davon hören, ein gutes Ende nennen.«

Sie dachten an die Geschichte von Herrn Bilbo. Seine Abenteuer hatten ein gutes Ende genommen, indem er unverletzt nach Hause gekommen war. Auch für sich erhofften sie solch ein Ende. »Aber das sind nicht immer die besten Geschichten zum Anhören«, erinnerte sich Sam, »obwohl es womöglich die besseren sind, in die man hineingeraten kann.«

Sie überlegten, in was für eine Geschichte sie geraten waren und ermutigten sich so einander mit Gedanken an zukünftige Tage, wenn Lieder und Geschichten über sie geschrieben würden. Vielleicht, wenn sie mutig durchhalten würden, würden später die Kinder ihre Mütter um deren Lieblingsgeschichte bitten, die von Frodo Beutlin und seinem getreuen Freund Sam Gamdschie und ihrem Auftrag handelte, den Einen Ring zu zerstören.

Aber sie sahen auch – hier am Eingang zum Spinnenpass – die grausige Möglichkeit, dass dieser Teil der Geschichte, die sich fürchtenden Kinder veranlassen würde, mit Schaudern zu sagen: »Klapp das Buch zu, ... davon wollen wir nichts mehr hören.«

Wie Frodo und Sam erkannten, ist die Perspektive, wenn man in der Geschichte drinsteckt, ganz anders als jene, die man als Außenstehender hat. Es ist sogar möglich, dass die Szenen, in denen wir am wenigsten drinstecken möchten, später die besten an der ganzen Erzählung sind.

Einige unserer Lieblingsgeschichten basieren auf den Lebensgeschichten jener, die dem unerwarteten Ruf zum Abenteuer gefolgt sind. Ihr Mut im Angesicht von Gefahr, Unsicherheit oder Not erwärmt unser Herz. Dazu kommt, mehr als häufig, dass unsere Lieblingszene aus ihrer Geschichte jene ist, die sie niemals freiwillig herbeigesehnt hätten.

Josef wollte nicht von seinen Brüdern in einen tiefen Brunnen geworfen werden, und er genoss es auch nicht, in die Sklaverei verkauft oder fälschlicherweise angeklagt und von Potifar ins Gefängnis geworfen zu werden. Diese und andere Begebenheiten schrecken uns davon ab, mit Josef tauschen zu wollen. Aber jede Situation wurde für Josef auch zur Gelegenheit, eine heldenhafte Rolle in dem Drama des Glaubens zu spielen. Er nahm allen Mut zusammen und vertraute einem Gott, von dem er glaubte, dass er gut sei, trotz seiner persönlichen Tragödie. Erst nach Jahren der Ungerechtigkeit und des Leidens durfte er erleben, dass die Begebenheiten des Lebens, die er am meisten hasste, die wichtigsten der Geschichte waren. »Bin ich etwa an Gottes Stelle?«, fragte er jene, die ihm so viel Leid zugefügt hatten. »Gott aber hatte beabsichtigt, es zum Guten zu wenden, damit er tue, wie es an diesem Tag ist, ein großes Volk am Leben zu erhalten.« (1. Mose 50,19-20)

Drei junge Hebräer kamen in eine Situation, die sie nicht erwünscht hatten. Obwohl sie aus ihrer Heimat deportiert worden waren, hielten Schadrach, Meschach und Abed-Nego fest an Gottes Gebot »Bete keine Götzenbilder an.« Aber ihr heidnischer König hatte andere Vorstellungen und verlangte von ihnen, vor einer Statue niederzufallen. Trotz der Androhung, bei Ungehorsam lebendig in einen Feuerofen geworfen zu werden, blieben sie standhaft. Auge in Auge mit dem Mann, der ihr Scharfrichter werden konnte, bewiesen sie Mut.

> Wenn unser Gott, dem wir dienen, uns erretten kann – sowohl aus dem brennenden Feuerofen als auch aus deiner Hand, o König, wird er uns erretten. (Daniel 3,17)

Aber sie hatten keine Veranlassung, mit einer Rettung durch Gott zu rechnen. Schließlich hatte Gott es auch zugelassen, dass sie verschleppt worden waren und an dem Hofe eines arroganten Tyrannen dienen mussten. Tatsächlich waren bereits Generationen seit dem letzten Wunder vergangen. Sie hatten nicht mehr Veranlassung, an eine wundersame Rettung zu glauben als Sie und ich heute. Um die wahre Tiefe ihres Heldenmutes zu zeigen, fügten sie noch folgende Worte hinzu:

> Und wenn er es nicht tun will: Es sei dir jedenfalls kund, o König, dass wir deinen Göttern nicht dienen und uns vor dem goldenen Bild, das du aufgestellt hast, nicht niederwerfen werden. (Daniel 3,18)

»Und wenn er es nicht tun will …« Starke Worte. Erstaunlicher Mut. Diese drei waren entschlossen, dass ihr Abenteuer ein gutes Ende hatte, was auch immer geschähe. Wenn sie errettet würden, wäre ihre Geschichte eine glückliche. Wenn aber nicht, wäre sie eine Erzählung des Mutes, jene, die Kinder von ihren Vätern immer wieder hören wollen. Sie hatten verstanden, dass es in dem großen Drama des Lebens um mehr geht als nur um Annehmlichkeiten und Sicherheit. Es handelt davon, dass ganz normale Männer und Frauen fest zu ihrem Glauben stehen, was auch immer das Leben bringen mag.

Sie und ich leben unser Leben auf der gleichen Bühne. Aber Gott existiert »hinter den Kulissen« und sieht den gesamten Bereich der Schöpfung und Geschichte von außen, von jenseits, von oben. Und es ist seine Perspektive, nicht unsere, die das »gute Ende« definiert.

> Glückselig der Mann, der die Versuchung erduldet! Denn nachdem er bewährt ist, wird er den Siegeskranz des Lebens empfangen, den der Herr denen verheißen hat, die ihn lieben. (Jakobus 1,12)

ZUM NACHDENKEN

Oft sind die Situationen, die wir am wenigsten erwünschen, die wichtigsten in der erzählten Geschichte.

EIN LIED IM FINSTERN

Und dann, zur eigenen Überraschung und ohne zu wissen,
wie er auf den Gedanken gekommen war,
am schmerzlichen Ende seiner langen, vergeblichen Fahrt,
begann Sam leise zu singen.
(6. Buch, Kapitel 1)

Es war geschehen. Das Schlimmste, was Sam sich hätte vorstellen können. Herr Frodo – tot! Von der Riesenspinne Kankra getötet. Dort lag er auf dem Boden der Höhle des abscheulichen Monsters, still, blass und eiskalt.

Sam hatte die große Spinne heldenhaft bekämpft. Er hatte ihr eine tödliche Wunde zugefügt, aber war zu spät gekommen. Und nun konnte er, so sehr er es auch versuchte, Frodo nicht erwecken. Er zerschnitt die dicken strickartigen Bänder des Spinnenfadens, die seinen Herrn banden, küsste seine kalte Stirn und rieb seine bewegungslosen Hände. Doch es war alles umsonst.

Tränen stiegen in Sams Augen. Nach allem was sie durchgemacht hatten! Der Ringträger war tot und der Auftrag war vergebens. Alle Hoffnung war fort. Außer ... außer, dass Sam den Mut zusammennehmen könnte und es allein durchstände. Er zögerte nur einen Augenblick. Dann nahm er den Ring, das Schwert und das Fläschchen von Galadriel von Frodos bewegungslosem Körper und machte sich auf den Weg.

Das war der Augenblick, als alles noch schlimmer wurde. Orks! Sie stolperten über Frodo und trugen ihn fort! Den Ring benutzend, folgte Sam ihnen unsichtbar. Ihr raues Gespräch belauschend, machte er eine Entdeckung, die ihm den Atem nahm: Frodo war nicht tot, sondern nur durch das Gift der Spinne betäubt. Sams Gesicht glühte vor Scham und Wut. Sein Herr lebte und war vom Feind gefangen! Es gab nur eins zu tun: den Orks zum Turm von Cirith Ungol zu folgen und ihn zu retten oder bei dem Versuch zu sterben.

Dunkelheit, Tod und Schrecken umgaben ihn, als er sich den bronzenen Toren nahte und mit Hilfe von Galadriels Lampe hineinschlüpfte. Die endlosen Stufen hinauf lief er. Nahe dem oberen Teil war er gezwungen zu kämpfen. Dann, als sein Feind gezwungen war, für einen Augenblick einzuhalten, sprang er weiter nach oben, bis er zu einer Sackgasse kam.

Was nun? Nach Atem ringend und völlig verzweifelt setzte Sam sich auf die Treppenstufen. Was konnte er noch machen? Er erwartete, dass sein Feind jeden Augenblick zurückkommen konnte. Nun, dachte er, ist das Ende schließlich da. Die flackernde Fackel an der Wand erlosch. Sam legte seinen Kopf in seine Hände.

Und dann, ohne zu wissen, warum, dort in der Dunkelheit und Düsternis, fing er an zu singen. Er sang sanft und ein wenig zitternd zu Anfang, dann aber lauter, und mit wachsender Zuversicht, dadurch belebten sich seine Geister. Und plötzlich meinte er, eine schwache Stimme in Erwiderung singen zu hören.

»He du! Du dort oben, du Misthaufenratte!«, rief der Ork, der Frodo bewachte. »Hör mit deinem Gekreische auf oder ich komme!«

Sam sprang auf seine Füße. Die Gefahr seitens der Orks oder die Möglichkeit der Entdeckung waren ihm unwichtig geworden. Das Lied und das Singen hatte ihn zu seinem Herrn geführt!

»In der Heiligen Nacht singen alle Christen«, sagt ein altes Weihnachtslied. In einem gewissen Sinn repräsentieren diese sieben Wörter die Summe aller christlichen Erfahrungen. »In der kalten Winternacht«, in der dunkelsten Zeit des Jahres erheben sich gläubige Stimmen in der ganzen Welt, um das Erwachen des ewigen Lichtes zu preisen. Und es ist nicht die einzige Zeit, in der die Kirche ihre versammelte Stimme zum Lied erhebt.

Von Anfang an war der Gesang das kennzeichnende Merkmal all jener, die auf die christliche Pilgerreise gingen. Man könnte sogar fast sagen, dass Singen eine unverwechselbar christliche Aktivität ist. Andere Glaubenstraditionen haben natürlich auch ihre Musik: Lobgesänge, gesungene Gebete, liturgische Verse. Aber Nachfolger Christi singen: laut und lang, jubelnd, triumphierend, selbst mit heiserer Stimme. Und sie tun es in den ungewöhnlichsten Situationen.

Denken Sie an Silas und Paulus im Gefängnis von Philippi. Sie hatten einen harten Tag hinter sich. Zunächst war da die geistliche Konfrontation mit dem besessenen Sklavenmädchen gewesen. Dann die ärgerlichen Rufe ihrer Eigentümer, nachdem sie erkannten, dass ihre Einnahmequelle versiegt war. Dann der Aufruhr auf dem Marktplatz, die Tritte und Schläge, die raue Gefangennahme in der Gegenwart des römischen Magistrats, die vielen Beschuldigungen. Schließlich, zu allem anderen, wurden sie ausgezogen und mit Stöcken geschlagen und in das örtliche Gefängnis geworfen. Alles zusammen ein einziges Tagewerk, überaus schmerzhaft und bis ins Mark erschöpfend.

Dort saßen sie nun, an die Wand gekettet, die Hände und Füße im »Stock«, also auf schmerzhafte Weise eingeklemmt, die Rücken voll blutender Wunden. Die Dunkelheit senkte sich. Und dann geschah das Seltsame. Nahe Mitternacht, zur dunkelsten Stunde, fingen Paulus und Silas an zu singen.

> Um Mitternacht aber beteten Paulus und Silas und lobsangen Gott; und die Gefangenen hörten ihnen zu. Plötzlich aber geschah ein großes Erdbeben, so dass die Grundfesten des Gefängnisses erschüttert wurden; und sofort öffneten sich alle Türen, und aller Fesseln lösten sich. Als aber der Kerkermeister aus dem Schlaf aufwachte und die Türen des Gefängnisses geöffnet sah, zog er das Schwert und wollte sich umbringen, da er meinte, die Gefangenen seien entflohen. Paulus aber rief mit lauter Stimme und sprach: Tu dir kein Leid an! Denn wir sind alle hier. Er aber forderte Licht und sprang hinein; und zitternd fiel er vor Paulus

und Silas nieder. Und er führte sie heraus und sprach: Ihr Herren, was muss ich tun, dass ich errettet werde? (Apostelgeschichte 16,25-30)

Lieder in der Nacht. Der Prophet Jesaja hatte von ihnen sechshundert Jahre zuvor gesprochen (Jesaja 30,29) Die Apostel werden diese Worte viele Male gehört haben, als sie vorgelesen wurden. Vielleicht kamen ihnen die Sätze wieder in Erinnerung in ihrer Stunde der Not. Und sie erhoben ihre Stimmen, die Räder des Weltgetriebes wurden bewegt, ein Mann und sein Haus wurden errettet und die Geschichte wurde verändert.

In derselben Art kam Sam ein Lied in den Sinn, als er es am meisten brauchte. Die Geschichte wurde verändert und die Ereignisse kamen in Bewegung, als er sang. Es war ein wichtiger Augenblick in dem Auftrag, der den Ring betraf.

Lieder haben einen zentralen Stellenwert in der Geschichte von Tolkiens Mittelerde. Die Geschichte *Der Herr der Ringe* ist ständig von Liedern begleitet. Tom Bombadil singt, als er die Hobbits aus der Gefahr befreit. Aragorn singt von Beren und Lúthien über den dunklen und gefährlichen Höhen der Wetterspitze. Legolas singt von den Wanderungen Nimrodels am Bache, der den Namen der Elbenjungfrau trägt. Baumbart erzählt Merry und Pippin die Geschichte der Ents und der Entfrauen in einem Lied. Faramir und die Frau Èowyn stehen auf den Mauern von Gondor und hören, wie ein großer Adler von der Rückkehr des Königs und der Niederlage Saurons singt. Bilbo fasst ein ganzes Epos in seinem Lied von der Straße, die »immer weitergeht«, zusammen.

Aber Sams Lied im Turm von Cirith Ungol ist vielleicht das beste und repräsentativste von allen. Es ist ein Lied, das den Glauben des Gläubigen an eine übergeordnete Wirklichkeit widerspiegelt – eine Wirklichkeit, die unaufhörlich über und jenseits der gegenwärtigen dunklen Stunde weitergeht:

Lieg ich auch hier zu guter Letzt
In tiefster Finsternis

Wie ausgeblutet, wie zerfetzt,
Es ist mir doch gewiss:
Die Sonn' zieht ihre hohe Bahn,
Der Stern den milden Lauf,
Solang der Tag noch nicht vertan,
Geb ich den Sieg nicht auf.

Ein altes Kirchenlied drückt den gleichen Gedanken mit anderen Worten aus:

Wenn Sturmwind um mich brüllt;
Ich kenne die Wahrheit, sie lebt.
Wenn Dunkelt mich umhüllt,
Das *Lied in der Nacht sich erhebt.*
Denn meine Ruh' bist Du.
Ich fühl mich geborgen beim Herrn.
Denn Allmacht deckt mich zu'.
Wer wollt' mir das Singen verwehr'n?

ZUM NACHDENKEN

Es ist niemals so finster, dass wir nicht singen könnten.

UNBEWUSSTES INSTRUMENT

»Aber erinnerst du dich an Gandalfs Worte:
Selbst Gollum hat vielleicht noch etwas zu tun?«
(Frodo zu Sam – 6. Buch, Kapitel 3)

Der Auftrag war vollbracht! Frodo und Sam saßen, von müder Freude übermannt, am Gipfel des dunklen Berges. Der Ring war zerstört, von den Flammen der Schicksalsklüfte verzehrt. Hungrig und durstig, mit wenig Hoffnung auf die eigene Rettung, freuten sich dennoch beide über den Sieg am Ende ihres Abenteuers.

Keiner der Hobbits hätte sich die Ereignisse vorstellen können, die zum Erfolg nötig waren. Nur wenige Tage zuvor hatten sie am Fuße des Schicksalsberges gestanden, dessen absehbarer Pfad mehr Kraft erfordern würde, als sie noch besaßen. Aber sie hatten keine Wahl. Sie mussten den Gipfel erreichen. Durch die Last des Ringes geschwächt, musste Frodo einen Teil des Weges getragen werden. Doch Sam war willig und entschlossen, in seiner Aufgabe bis zum Ende bei seinem Herrn auszuharren, selbst wenn es seinen eigenen Tod bedeutete. »War das also die Aufgabe, von der ich dachte, dass ich sie erfüllen müsse, als ich mitging. ... Herrn Frodo zu helfen bis zum letzten Schritt, und dann mit ihm zu sterben? Na, wenn es sein muss, dann muss es sein.« Sams Entschluss war durch Zeiten tiefer Verzweiflung gereift. Die Hoffnung längst aufgegeben, sehnte sich sein Geist nach dem Ende der Reise. »Es ist alles so nutzlos«, dachte er. »Er hat es selbst gesagt. Du bist ein Narr, weiter so zu hoffen und dich zu quälen.« Doch er widerstand der Versuchung, fortzugehen, stattdessen war er entschlossen, Herrn Frodo bis zum Ende zu dienen.

Wie es sich herausstellte, brauchte Sam nicht zu sterben. Augenblicke bevor sie das Feuer erreichten, wurde eine Katastrophe durch ein seltsames Zusammentreffen zweier boshafter Absichten verhindert. Zuerst verschwand Frodo vor Sams Augen, nachdem er den Ring übergestreift hatte. Den Träger im Griff habend, schien der Ring zu versuchen, sich zu verteidigen. »Ich will diese Tat nicht tun«, erklärte Frodo. »Der Ring ist mein!« Das Böse hatte den Ringträger in seiner Macht, in der Hoffnung, seine eigene Zerstörung zu verhindern. Plötzlich hatte das Auge des Dunklen Herrschers sie gewahrt und brachte die Mission und das Leben der Hobbits in tödliche Gefahr.

Zweitens wurde Sam von dem sie verfolgenden Gollum heftig angegriffen und zu Boden geworfen, wo er mit seinem Kopf schwer an einen Stein stieß. Hilflos musste Sam von ferne zusehen, wie Gollum Frodo überwältigte. Von der Begierde nach Unsterblichkeit entflammt, war der erbärmliche Feind entschlossen, diesen wieder in seine Gewalt zu bringen. In wahnsinniger Wut biss er den Ringfinger von Frodos Hand ab, wodurch der goldene »Schatz« ihm zufiel. Aber als Gollum einen Freudentanz aufführte, machte er einen Schritt zu weit. Wie von den steigenden Flammen gerufen, fiel die elende Kreatur mitsamt dem Ring über den Rand des Abgrunds. Gollum hielt seinen Schatz fest umschlungen, als beide in die Tiefen der Zerstörung fielen.

Um sich selbst vor den Flammen zu schützen, überwältigte der Ring Frodos Willen. Doch derjenige, der bereits von den Mächten des Ringes versklavt war, diente einem von ihm unbeabsichtigten Ziel. So wurde der eine, der zu sterben willens war, durch das Verhängnis des anderen, der Unsterblichkeit suchte, erlöst.

So hatte Sam sich das ganz und gar nicht vorgestellt. Er hatte sich schon als Helden gesehen, eventuell mit seinem Herrn zu sterben, edel sein Leben und seine Glieder für die Befreiung des Auenlandes vor den Augen des Dunklen Herrschers Sauron zu opfern. Niemals hatte er erwartet, dass der stinkende, verräterische Gollum diese Rolle übernehmen würde. Tatsächlich hatte Sam diese Kreatur beinahe getötet. Doch irgendetwas hatte ihn davor bewahrt, als wenn Gollums Schicksal mit dem seinen verbunden wäre. Wie es sich herausstellte, waren beider Schicksale enger miteinander verknüpft, als er hätte ahnen können.

»Ohne ihn, Sam, hätte ich den Ring nicht vernichten können«, kam es Frodo mit großer Erleichterung über die Lippen. »Die Fahrt wäre vergeblich gewesen, mitsamt dem bitteren Ende.« Wie Gandalf es vorausgesagt hatte, musste Gollum eine Rolle spielen, die Rolle des unbewussten Instruments.

Wie die uralten Erzählungen vorhersagten, wurde die Gegenmelodie von Melkors Rebellion als ein unbewusstes Instrument in den Händen des großen Komponisten benutzt. »Denn wer dies unternimmt«, hallen die Worte Ilúvatars wider, »nur als mein Werkzeug wird er sich erweisen, um Herrlicheres zu schaffen, von dem er selbst nichts geahnt.«[16] Es war nicht in Gollums Absicht gewesen, den Ring zu zerstören. Aber wie das ihm zugedachte Schicksal es so wollte, war er allein in der Lage, dessen Zerstörung zu vollziehen. Frodo, obwohl er es wollte, kam nicht gegen die übermächtigen Kräfte an. Und so wurde, was das Böse wollte, vom Guten benutzt.

Nichts geschieht im Leben, dass nicht in unmittelbarem Zusammenhang mit Gottes Absichten steht. Selbst die hinterhältigsten Intrigen des Bösen können zu Werkzeugen in den Händen der Vorhersehung werden.

> O Tiefe des Reichtums, sowohl der Weisheit als auch der Erkenntnis Gottes! Wie unerforschlich sind seine Gerichte und unaufspürbar seine Wege! Denn wer hat des Herrn Sinn erkannt, oder wer ist sein Mitberater gewesen? Oder wer hat ihm vorher gegeben, und es wird ihm vergolten werden? Denn aus ihm und durch ihn und zu ihm hin sind alle Dinge! Ihm sei die Herrlichkeit in Ewigkeit! Amen. (Römer 11,33-36)

Wenn alles von ihm, durch ihn und zu ihm hin geschaffen ist, gibt es für die Pläne anderer keinen Platz. In dem, was wirklich zählt, in Gottes Plan, der uns aber oft als unerklärliches Geheimnis erscheint, ist Gott in der Lage, alle Dinge zusammenzuführen, um seine übergeordneten Ziele zu erfüllen. Und eines dieser Ziele ist das absolut Gute für jene, die er berufen hat, sein Lied zu singen.

> Wir wissen aber, dass denen, die Gott lieben, alle Dinge zum Guten mitwirken, denen, die nach seinem Vorsatz berufen sind. (Römer 8,28)

Diese Ziele beinhalten auch den Gebrauch der Absichten der Bösen, um deren eigene Ziele zu unterlaufen und gleichzeitig Gottes Ziel zu erreichen.

> Der Gottlose sinnt gegen den Gerechten, und mit seinen Zähnen knirscht er gegen ihn. Der Herr lacht über ihn, denn er sieht, dass sein Tag kommt. Die Gottlosen haben das Schwert gezogen und ihren Bogen gespannt, um zu fällen den Elenden und Armen, hinzuschlachten die, die aufrichtig wandeln. Ihr Schwert wird in ihr eigenes Herz dringen, und ihre Bogen werden zerbrochen. (Psalm 37,12-15)

Pharao verhärtete sein Herz und ließ Gottes Volk nicht ziehen. Und Gott gebrauchte seinen dickköpfigen Stolz, um eine Geschichte der Befreiung zu erzählen.

Die Midianiter, die Amalekiter und andere östliche Nationen schlossen sich zu einer mächtigen Armee zusammen, um Israel zu zerstören und zu beherrschen. Doch Gott pflanzte Angst und Verwirrung in ihre Herzen, so dass sie einander töteten, zur Verblüffung von Gideon und seinen dreihundert Männern.

Goliath verfluchte die Juden und ihren Gott und versuchte sie so zu einem Kampf zu bewegen, den sie sicher verloren hätten. Doch Gott benutzte den Tod eines Riesen, um einen Knaben zu erhöhen und die Philister zu besiegen.

Satan führt einen Chor der Rebellion gegen das gute Lied Gottes an. Doch Gott beruft Sie und mich, eine gerechte Melodie zu singen und einen großen Auftrag zu erfüllen.

Seien es die Wünsche Gollums, die Pläne Saurons oder die Täuschungen Satans, alles was sich Gottes Geschichte entgegenstellt, wird letztendlich seinem Zweck dienen. Und eines Tages werden Flammen, ähnlich denen, die den Ring des Schicksals zerstörten, eine andere Rebellion vernichten.

> Und der Teufel, der sie verführte, wurde in den Feuer- und Schwefelsee geworfen, wo sowohl das Tier als auch der falsche Prophet sind; und sie werden Tag und Nacht gepeinigt werden von Ewigkeit zu Ewigkeit. (Offenbarung 20,10)

ZUM NACHDENKEN

Selbst das Böse muss letztendlich Gottes Zielen dienen.

KÖNIG DER HERZEN

Doch als Aragorn aufstand ... war es ihnen,
als sähen sie ihn zum ersten Mal.
(6. Buch, Kapitel 5)

Die Stunde war gekommen. Während der langen Jahre seines Lebens hatte Aragorn sie erwartet, sie vorhergesehen, und entschlossen dafür gekämpft und daraufhin gearbeitet. Über weite Wege und weglose Wüsten der weiten Welt hatte er sie gesucht, die Welt von Ost nach West, von Nord nach Süd durchwandert, immer seinen Schritt auf diesen einen Zeitpunkt, diesen besonderen Ort gerichtet.

Der Frühling ging in den Sommer über. Die Knospen der grünenden Bäume von Gondor schienen vor Freude platzen zu wollen. Es war, als wären die Einwohner der Stadt plötzlich aus einem langen Albtraum erwacht. Der Eine Ring war zerstört. Der Schatten im Osten war wie ein Rauch in den Morgenwinden verweht. Und der König wartete draußen vor dem Tor.

Nur Tage zuvor hatten Faramir, der Statthalter, und Frau Éowyn von Rohan, als sie auf den Mauern von Minas Tirith standen und gegen Osten schauten, einen großen Adler gesehen, wie er über die Stadt flog und laut schrie:

Singet und seid froh, all ihr Kinder des Westens,
Denn euer König kehrt wieder
Und wird unter euch weilen
Zeit eures Lebens.

Auf dem Feld vor dem Tor zu Minas Tirith standen die gestreiften Zelte der Herren des Westens in der hellen Morgensonne. In der Stadt war jede Straße, jeder Türbogen, jedes Fenster mit Girlanden aus frischen Blumen geschmückt. Das Tor selbst war erfüllt von Männern in blinkenden Rüstungen, von Frauen und Kindern in bunten Kleidern. Die Musik von Harfen, Flöten und Trompeten erfüllte die Luft.

»Seht!«, rief Faramir, als Aragorn sich dem Tor an der Spitze seiner Männer, den Dúnedain, näherte. »Endlich ist einer gekommen, der wieder Anspruch auf die Königswürde erhebt. … Soll er König sein und in die Stadt eintreten und dort wohnen?«

Die Antwort war ein lautes und einstimmiges: *»Ja!«*

Die Krone wurde hervorgeholt aus einer schwarzen und silbernen Truhe. Sie war ganz aus Silber, mit Flügeln an beiden Seiten aus perlenbesetztem Silber, die aussahen wie die Schwingen eines Seevogels. Auf Aragorns Bitte hin brachte Frodo sie zu Gandalf und der setzte sie dem König auf. Ein erneuter Jubel brach aus. Dies war der Augenblick, auf den alle gewartet hatten.

Schließlich erhob Aragorn sich und stand vor ihnen, ganz ein König. Alle blickten auf ihn mit stillem Erstaunen. Denn es war ihnen, als sähen sie ihn zum ersten Mal. Er war wie ein neuer Mensch, alt an Tagen, aber kraftvoll, gesund und munter, ein Mann, den sie gut kannten und dennoch nie zuvor erkannt hatten.

»Aus dem großen Meer bin ich nach Mittelerde gekommen«, zitierte er die Worte seines Vorfahren Elendil. »Hier will ich bleiben, und nach mir meine Erben, bis an der Welt Ende.«

Und wieder jubelten die Menschen und weinten Tränen der Freude.

Stellen Sie es sich vor. Versuchen Sie zu fühlen, wie es sein müsste. Dort steht er vor Ihnen, ein Führer, wie keiner der Führer, die Sie sich vorgestellt haben. Mächtig im Krieg und weise im Rat. Fest, aber geduldig und mitfühlend wie kein anderer. Kein Politiker oder Kandidat, dem Sie Ihre Stimme geben sollten, sondern eine Person, die Ihre Loyalität, Treue und Ihren Gehorsam hervorruft. Die Verkörperung und das Ideal aller Eigenschaften, die Sie für gut und wahr und der Zuneigung wert halten. Würden Sie nicht alles für ihn beiseite legen? Würden Sie nicht, wie Ceorl von Rohan, vor ihm niederknien, ihm Ihr Schwert darbieten und rufen: »Zu Befehl, Gebieter!«? [17]

Dieser ideale König, der lang verlorene, verzweifelt erwünschte, einmal zurückkehrende König ist Teil unseres Erbes. Er ist tatsächlich für unsere kollektive Identität und das Selbstverständnis seines Volkes erforderlich. Und er spielt eine führende Rolle in einigen unserer ältesten und beliebtesten Legenden.

Denken Sie an Arthur. Aus dem Dunkel der Geschichte erstanden, vereinigt er Britannien in einer Regierung von beispielloser Herrlichkeit und definiert das Wesen des Britischseins. Betrogen erleidet er eine tödliche Wunde und verschwindet jenseits des Bereiches menschlichen Wissens. »Doch einige Menschen sagen«, schreibt Sir Thomas Malory, »dass König Arthur nicht tot ist. ... Und Menschen behaupten, dass er wiederkommen wird, ... da auf seinem Grab dieser Vers geschrieben steht: HIC IACET ARTHURUS, REX QUONDAM REX QUE FUTURUS« – Hier liegt Arthur, der Einzige und Zukünftige König. [18]

Ähnliche Geschichten werden von anderen beliebten Monarchen und Führern erzählt. Von Fionn MacCumhail (Finn MacCool), Häuptling der Fianca in Irland, wurde gesagt, er sei niemals wirklich gestorben, sondern nur menschlicher Sicht entnommen und in eine geheime Höhle mit bewaffneten Getreuen gebracht, »wo sie die festgelegte Zeit abwarten, um in Herrlichkeit wiederzukommen und ihr Land von der Tyrannei und dem Bösem zu befreien.« [19] Mittelalterliche Deutsche Sagen vermelden im Grunde das gleiche über König Friedrich Barbarossa, einen der mächtigsten Kaiser des »Heiligen Römischen Reiches Deutscher Nation«. Für die Franzosen war es Charlemagne (Karl der Große). Tolkiens Gimli wiederholt diese Hoffnung und spricht vom Urvater der Zwerge: »O du schöner und wundersamer Kheled-zâram!«, rief er aus, den Ring von Sternen als Spiegelung im Spiegelsee erblickend. »Dort liegt Durins Krone, bis er wieder erwacht.« [20]

Warum gibt es diese grundlegende Sehnsucht nach einem König? Warum beschwerten sich die alten Israeliten bei Samuel, dass sie keinen hatten (1. Samuel 8,4-5)? Warum, als er von dem verkleideten Richard Löwenherz im Sherwood Forest gerügt wurde und sogar einen harten Schlag erhielt – warum kniete Robin Hood nieder und bekannte: »Keinen Menschen liebe ich in der ganzen Welt so sehr wie meinen König«?

Es ist nicht von der Hand zu weisen. Wie die Juden hoffen wir voller Erwartung auf die Ankunft des Messias: *Meshiach*, der Gesalbte, der König, der unsere Hoffnungen und Träume nicht wie die anderen enttäuschen, sondern sie erfüllen wird.

> Es wallt mein Herz von gutem Wort. Sagen will ich meine Gedichte dem König! Meine Zunge sei wie der Griffel eines geschickten Schreibers! Du bist schöner als andere Menschen, Anmut ist ausgegossen über deine Lippen; darum hat Gott dich gesegnet für ewig. Gürte dein Schwert um die Hüfte, du Held; deine Majestät und deine Pracht. (Psalm 45,2-4)

Passagen wie diese fallen uns ein, wenn Tolkien die Krönung von Aragorn beschreibt. Die Kraft der Szene liegt in seinem Appell an etwas, das tief in der Psyche jeden Menschen liegt: Der Wunsch nach einem König, der der Treue und Anbetung wirklich wert ist. Wenn er sich mit der Krone auf dem Haupt erhebt, zeigt sich Aragorn als genau solch ein König: Meister und Herrscher, nicht nur der Länder und Häuser seines Volkes, sondern ihrer *Herzen*.

Für die Einwohner von Gondor ist er nicht länger nur Streicher, der Waldläufer des Nordens. Nun ist er Elessar, Elbenstein, Herrscher des Westens und Herr vieler großer Herren.

Da kann man nicht umhin, an Jesus erinnert zu werden, einst ein demütiger Tischler aus Nazareth, nun der Reiter auf einem weißen Pferd, das Wort Gottes, dessen Name Treu und Wahrhaftig ist.

> Seine Augen aber sind eine Feuerflamme, und auf seinem Haupt sind viele Diademe, und er trägt einen Namen geschrieben, den

> niemand kennt als nur er selbst; ... Und er trägt auf seinem Gewand und an seiner Hüfte einen Namen geschrieben: KÖNIG DER KÖNIGE UND HERR DER HERREN. (Offenbarung 19,12+16)

Das ist die Botschaft, die kein Gläubiger missverstehen kann, wenn er an den über Gondor fliegenden Adler und den Jubel der Menschen denkt. Der König ist gekommen. Und der König wird wiederkommen. In Wahrheit ist er der »einstige und zukünftige König«, der König aller Herzen.

ZUM NACHDENKEN

Im Tiefsten unseres Herzens sehnt sich jeder danach, dem wahren König anzugehören und zu dienen.

VERFÜHRERISCHE STIMME

»Glaubt ihm nicht! Er hat alle Macht verloren,
bis auf die Macht seiner Stimme,
die euch noch immer täuschen und einschüchtern kann,
wenn ihr nicht auf der Hut seid.«
(Frodo – 6. Buch, Kapitel 8)

Sie wurden betrogen. Verängstigt durch marodierende Banden von Schlägern, wagten es nur wenige Hobbits, gegen die Unterdrückung des Tyrannen aufzustehen, der gekommen war, um das Auenland zu beherrschen. Für jene, die Widerstand leisteten, war es ein Einzelkampf, ohne Hilfe seitens einst freundlicher Nachbarn, die sich entweder versteckten oder dem neuen »Herrn« von Auenland dienten.

Sein Name war Scharker. Er hatte sich in Beutelsend eingenistet, einst die Heimat von Bilbo und Frodo Beutlin. Von dieser neuen Festung aus beherrschte er ein verängstigtes Volk. Er raubte, was er wollte, während er die einstmals schöne Landschaft verwüstete. Gefällte Bäume und schäbige Hütten hatten längst die von Bäumen umgebenen Häuser ersetzt, und der einfache Charme der hobbitschen Lebensweise wurde durch die unterdrückende Herrschaft von Modor verschluckt.

Frodo, Sam, Pippin und Merry kamen aus dem Abenteuer in ein sehr verändertes Heim zurück. Wenn sie an die ehemalige Schönheit dachten, machte sie dessen Ruin noch trauriger. Sie konnten sich nun in den Schmerz hineinversetzen, den Gimli fühlte, wenn er voller Trauer die Überreste der einst großartigen Zwergenstadt überblickte. Wie niemals zuvor begriffen sie, was Verlust bedeutet, als sie sahen, wie ihre liebliche Heimat zugrunde gerichtet wurde. Doch die Traurigkeit verwandelte sich nicht in Verzweiflung, denn die vier wussten, dass die gegenwärtige Szene nur das leere Echo einer vergangenen Zeit war.

Das Auenland würde wiederhergestellt werden, sobald seine Bewohner von der guten Nachricht der Erlösung hören würden.

Die Nachricht von der Zerstörung des Ringes war noch nicht nach Hobbingen gelangt und machte es so zu einer Provinz gefährlichen Unwissenheit. Der »Herr«, den sie fürchteten, war nichts weiter als ein Mietling eines geschlagenen Feindes und seine Raufbolde bloße Schläger, die eher Konfrontation als Zugeständnisse brauchten. Der Dunkle Turm war zerfallen und es gab wieder einen König in Gondor. Sobald die Wahrheit bekannt war, würde die Freiheit wieder im Auenland herrschen können.

Scharker hatte mehr als nur die Landschaft von Beutelsend; er hatte das Denken seiner Bewohner verändert. Es war schon lamge her, dass die Hobbits ohne Angst vor seiner Tyrannei ihrer Arbeit nachgegangen waren. Sie glaubten seinen Ansprüchen und lebten danach. Ungeachtet dessen, was außerhalb des Auenlandes durchgesickert war, Scharker herrschte noch immer.

Die zurückkehrenden Hobbits wussten, was sie zu tun hatten. Der »Herr« von Beutelsend musste angegriffen und als Scharlatan bloßgestellt werden. Nachdem Frodo den Ort erreicht hatte, den er einst sein Heim genannt hatte, und sah, dass es eine schmutzige Ruine geworden war, wurden er und seine Gruppe mit einer ihnen bekannten Gestalt und einem ziemlich feindseligen Gelächter empfangen. Es war ihr alter Feind Saruman, der einen neuen Namen benutzte und sich über seine jüngste Eroberung freute. Er machte sich über die Halblinge lustig, indem er sie als minderwertig bezeichnete. Und er brüstete sich seiner Macht und drohte, jede Missachtung seiner Autorität zu rächen. Die meisten der bedrohten Hobbits wichen zurück. Aber da Frodo die Wahrheit kannte, weigerte er sich, sich einschüchtern zu lassen.

»Glaubt ihm nicht!«, rief er aus. »Er hat alle Macht verloren, bis auf die Macht seiner Stimme, die euch noch immer täuschen und einschüchtern kann, wenn ihr nicht auf der Hut seid.«

In Wahrheit war Saruman machtlos. Seine Kräfte waren mit dem Ring in den Flammen verzehrt worden. Aber eine Macht war ihm noch geblieben: die tiefe, verzaubernde Stimme, vor der sie an der

Tür von Orthanc gewarnt worden waren. »Hütet euch vor der Stimme«, hatte Gandalf gesagt. Sarumans verführerische Rede hatte die lang befreiten Bewohner des Auenlandes manipuliert und sie unter Kontrolle gehalten. Er konnte seine Stimme erneut auf diese Art gebrauchen, doch nur, wie Frodo sagte, wenn sie ihn ließen.

Es gibt zwei Arten, Menschen zu beherrschen. Die erste ist die Tyrannei, den eigenen Willen mit Gewalt aufzuzwingen. Die zweite ist die Täuschung, andere dazu zu überreden, eine gut erzählte Lüge zu glauben. Die Täuschung wird häufiger angewandt und ist effektiver, wie es uns von dem vorgeführt wird, der sich selbst zum falschen »Herrn« unserer Erde machen will. Und wie die Sarumans ist seine Rede sehr verführerisch. »Keineswegs werdet ihr sterben«, war seine erste Lüge.

> Sondern Gott weiß, dass an dem Tag, da ihr davon esst, eure Augen aufgetan werden und ihr sein werdet wie Gott, erkennend Gutes und Böses. (1. Mose 3,4-5)

Wir bissen an und öffneten unser liebliches Reich dem teuflischen Einfluss. Wir luden das Böse in unser ruhiges Heimatland ein und die menschliche Erfahrung wurde seitdem von den Grobianen mit Namen Angst, Schmerzen, Sorgen und Verwirrung beherrscht. Doch darin liegt nicht die wahre Bedrohung. Wenn wir beschimpft werden, wissen wir es. Wenn wir versucht oder unterdrückt werden, wir wissen es. Aber werden wir getäuscht, wissen wir es nicht. Darum ist die Täuschung solch eine wirkungsvolle Waffe in den Händen unseres Feindes. Jesus warnt vor seiner Stimme.

> Wenn er die Lüge redet, so redet er aus seinem Eigenen, denn er ist ein Lügner und der Vater derselben. (Johannes 8,44)

Die Lüge geht weiter. Obwohl der wahre König in die Geschichte gekommen ist, um den Thron unserer Herzen zurückzuverlangen, leben wir weiter in Fesseln, weil wir glauben, dass »Scharker« noch immer an der Macht ist. Aber es muss nicht so sein. Ja, er kann entmutigen und täuschen, aber nur, wenn wir es zulassen.

> Wenn ihr in meinem Wort bleibt, so seid ihr wahrhaft meine Jünger, und ihr werdet die Wahrheit erkennen, und die Wahrheit wird euch frei machen. (Johannes 8,32)

Man kann die Wahrheit wissen, denn sie wurde offenbart. In den Herzen der Menschen wie in den der Hobbits ist Freiheit für jeden, der willens ist, der Wahrheit und nicht dem Schein zu glauben.

> Den Ungläubigen, bei denen der Gott dieser Welt den Sinn verblendet hat, damit sie den Lichtglanz des Evangeliums von der Herrlichkeit des Christus, der Gottes Bild ist, nicht sehen. Denn wir predigen nicht uns selbst, sondern Christus Jesus als Herrn, uns aber als eure Sklaven um Jesu willen. Denn Gott, der gesagt hat: Aus Finsternis wird Licht leuchten! Er ist es, der in unseren Herzen aufgeleuchtet ist zum Lichtglanz der Erkenntnis der Herrlichkeit Gottes im Angesicht Jesu Christi. (2. Korinther 4,4-6)

Was wir als Wahrheit annehmen, hat einen direkten Einfluss auf unser Leben, einerlei ob das, was wir glauben, wirklich wahr ist oder nicht. Die gute Nachricht der Evangelien ist die der Erlösung. Das Böse ist besiegt, der rechtmäßige König hat den Thron wiedergewonnen, und die täuschende Herrschaft der Dunkelheit ist zu Ende. Freiheit wird jenen angeboten, die willig sind, die Wirklichkeit anzunehmen, und diese heißt: Die Herrschaft »Scharkers« ist bloßer Betrug. Das ist die Wahrheit, ungeachtet dessen wie die Dinge auch scheinen mögen.

ZUM NACHDENKEN

Wir werden von dem, was wir glauben, beherrscht, ob es wahr ist oder nicht.

ERLÖSUNG

»So geht es oft zu, Sam, wenn etwas in Gefahr ist:
Der eine muss es aufgeben, es verlieren,
damit die anderen es behalten können.«
(Frodo zu Sam – 6. Buch, Kapitel 9)

»Und Ende gut, alles besser!« Niemals hatte der alte Gaffer etwas Wahreres gesagt.

Scharkers Ende ermöglichte die Wiederherstellung des Auenlandes. Nachdem sie ihre versklavten und eingesperrten Nachbarn befreit hatten, wandten sich die heldenhaften Hobbits der Rettung ihres Heimatlandes zu. Frodo stimmte zu, eine Zeitlang der stellvertretende Bürgermeister zu sein, solange bis Gerechtigkeit und Ordnung da wiederhergestellt waren, wo Tyrannei geherrscht hatte. Merry und Pippin übernahmen die Aufgabe, die letzten Schläger zu verjagen. Und Sam, mit Hilfe von Galadriels Geschenk, machte sich daran, die rücksichtslos gefällten Bäume und die einst fruchtbare Landschaft wieder aufzuforsten.

Das Auenland wurde ein besseres Land als zuvor, sein furchtbarer Verlust bereicherte den Boden, in dem ein neues Zeitalter erwachsen konnte. Das Volk von Hobbingen genoss das tiefste Glück, das es je gekannt hatte. Es war, als ob die Erfahrungen der Trauer irgendwie ihre Fähigkeit, Freude zu empfinden, gesteigert hätte. Waren die Bäume wirklich größer gewachsen oder waren die Hobbits sich der Großartigkeit einfach bewusster? Waren die Farben lebendiger oder waren die Augen der Hobbits besser auf Schönheit eingestellt? Waren die neugeborenen Kinder kräftiger oder schöner, oder ihre Eltern dankbarer gegenüber dem Geschenk des Lebens? Vielleicht war es beides. Wie ein wiederentdeckter Schatz, den man schon verloren geglaubt hatte, trank das Volk des Auenlandes tief aus dem Becher der Freude.

Während der Festlichkeiten der Wiederherstellung bemerkten nur wenige den zunehmenden Rückzug Frodos. Niemand sah sein stilles Leiden, war sich seiner langwierigen Krankheit bewusst. Aber Sam bemerkte es trotz seiner Arbeit und seines neuen Lebens als verheirateter Mann und sorgte sich mehr und mehr um seinen Freund und Herrn. War es nicht schon schlimm genug, dass er, Merry und Pippin mehr Anerkennung für ihre Abenteuer bekamen als Herr Frodo? Dessen Aufgabe war doch in dem Auftrag und in der Erzählung der Geschichte die wichtigste gewesen. Was alles noch schlimmer machte, war, dass Sam spürte, wie sein Herr zunehmend abwesender wurde, als ob er sich vorbereitete zu gehen.

> »Was ist mit dir, Herr Frodo?«, fragte Sam. »Verwundet bin ich«, antwortete Frodo, »verwundet, und niemals wird die Wunde wirklich heilen.«

Vor zwei Jahren am gleichen Tag hatte Frodo die schreckliche Wunde in der Mulde unter der Wetterspitze erhalten.

Ein weiteres Jahr kam herbei, aber nur mit viel Mühe konnte er seine Schmerzen verheimlichen. Bis eines Tages Sam von Frodo ins Studierzimmer gerufen wurde und von seinem Freund gebeten wurde, ihn auf eine andere Reise zu begleiten. Onkel Bilbo hatte seinen 131sten Geburtstag erreicht und damit den alten Tuk überholt, so wollten die beiden nach Bruchtal auf einen Besuch reisen. »Ich wollte, ich könnte bis nach Bruchtal mitkommen«, erwiderte Sam. Aber sie wussten, dass er nur einen Teil der Strecke mitgehen konnte. Als frischgebackener Vater wusste Sam, dass lange Abenteuer ein abgeschlossenes Kapitel in seiner Geschichte waren.

Während er sich auf die Reise vorbereitete, bekam Sam ein Buch geschenkt, das viele Jahre zuvor begonnen worden war. Das Buch, in dem Bilbo und Frodo Geschichten erzählten von den Rollen, die die Hobbits beim Fall des Herrn der Ringe gespielt hatten, war nun fast vollendet. »Ich bin sogar ganz fertig, Sam«, sagte Frodo. »Die letzten Seiten sind für dich.« Nun war

Sam klar, was geschah. Frodo brachte seine Sachen in Ordnung, um Mittelerde mit den anderen Ringträgern zu verlassen. Bei der Erfüllung seines Auftrages hatte Frodo eine tödliche Wunde erhalten und die traurige Wirklichkeit seiner Abreise lag auf der Hand. Sich dem Ort ihrer Trennung nahend, sprach Sam mit tränenerstickter Stimme:

»Aber ich dachte, auch du würdest noch Jahr um Jahr am Auenland deine Freude haben, nach all dem, was du getan hast.«

»Das dachte ich auch einmal. Aber ich bin allzu tief verwundet, Sam. Ich habe das Auenland zu retten versucht, und es ist gerettet worden, doch nicht für mich. So geht es oft zu, Sam, wenn etwas in Gefahr ist: Der eine muss es aufgeben, es verlieren, damit die anderen es behalten können.«

Ein großes Opfer war notwendig, um das Böse zu besiegen. Frodo war erwählt worden, eine Last zu tragen, die kein anderer tragen, und eine Aufgabe zu erfüllen, die kein anderer erfüllen konnte. Obwohl Frodo nur einer von vielen war, die etwas für ein größeres Gut aufgegeben hatten, war niemand in solch eine direkte Konfrontation mit der Dunkelheit geraten, oder blieb so treu, wie er, als er von der schrecklichen besitzergreifenden Macht des Bösen gequält wurde. Es war seine Aufgabe zu verlieren, damit andere gewinnen konnten. Und indem er seine Szene der Geschichte zu Ende brachte, spielte Frodo Beutlin auch seine heldenhafteste Rolle.

Erlösung. Welch schönes Wort! Die Verlorenen wiedergewonnen. Die Zerstörten wiederaufgebaut. Die Kranken geheilt. Die Zerbrochenen wiederhergestellt. Die Versklavten befreit. Falsches berichtigt. Die tiefe Sehnsucht nach Gott durch die Wiederherstellung der Güte erfüllt!

Aber Erlösung kann nur geschehen, nachdem das Böse besiegt worden ist. Wenn man Gefangene befreit, muss man Feindesland betreten. Leben zu geben, kann oft auch die Begegnung mit dem Tod bedeuten. Das Paradies des Friedens wird oft durch die Hölle des Krieges gesichert. In jedem Fall muss einer bereit sein, sich selbst aufzugeben um der anderen willen. Einer muss ein Held sein.

Das Wesen jeder heldenhaften Tat ist Selbstaufopferung. Von dem Soldaten, der sich auf eine Granate wirft, um seine Kameraden zu beschützen, bis hin zu der Tochter, die sich vierundzwanzig Stunden lang um ein krankes Elternteil kümmert, Helden sind diejenigen, die etwas aufgeben, um anderen etwas Gutes zu tun. In dem Prozess der Selbstaufgabe verändern sie etwas Schlechtes zum Guten. In einer Welt, in der Böses und Gutes besteht, muss einer sich durch Ersteres kämpfen, um Letzteres wiederherzustellen.

Von den Soldaten, die die Strände der Normandie stürmten, um Europa von der Tyrannei zu befreien bis hin zu einem verängstigten Hobbit, der willig war, den Schicksalsring zu zerstören, ist jede Heldentat eine Spiegelung des absoluten Helden der Geschichte: Jesus Christus. Er gab die Würden und die Annehmlichkeiten seines rechtmäßigen Platzes auf: Warum? Um Sie und mich vom Bösen zu erlösen! Er blickte dem Tod ins Auge, erduldete Not, um Freude wiederzubringen, sah sich Hass gegenüber, um Liebe zu zeigen. Er erniedrigte sich bis zum Tod am Kreuz, um für unsere Erlösung zu bezahlen. Er wurde für eine Last auserwählt, die kein anderer tragen konnte, und für eine Aufgabe, die kein anderer zu erledigen vermochte. In seinen Worten:

> Denn so hat Gott die Welt geliebt, dass er seinen eingeborenen Sohn gab, damit jeder, der an ihn glaubt, nicht verloren geht, sondern ewiges Leben hat. Denn Gott hat seinen Sohn nicht in die Welt gesandt, dass er die Welt richte, sondern dass die Welt durch ihn errettet werde. (Johannes 3,16-17)

Und mit den Worten eines, den er erlöst hat:

> Gott aber erweist seine Liebe zu uns darin, dass Christus, als wir noch Sünder waren, für uns gestorben ist. (Römer 5,8)

Und mit Worten jubelnden Gesangs enthüllt unsere Geschichte diese große Wahrheit:

> Denn du bist geschlachtet worden und hast durch dein Blut für Gott erkauft aus jedem Stamm und jeder Sprache und jedem Volk und jeder Nation und hast sie unserem Gott zu einem Königtum und zu Priestern gemacht, und sie werden über die Erde herrschen! ... Würdig ist das Lamm, das geschlachtet worden ist, zu empfangen die Macht und Reichtum und Weisheit und Stärke und Ehre und Herrlichkeit und Lobpreis. (Offenbarung 5,9-12)

Eines Tages wird der rechtmäßige König wieder auf dem Thron sitzen. Alles wird sein, wie es sein sollte. In einer wundersamen Verkehrung der Verhältnisse wird durch die Vorhersehung Gottes unsere Freude durch den erduldeten Kummer verstärkt und die Absichten des Bösen in überaus viel Gutes verwandelt werden. Und wenn dieser Tag kommt, wird das Lied aller Zeitalter in einem Chor der Erlösung zusammenströmen, einer Erlösung, die möglich wurde, weil die Geschichte einen Helden hatte, der sich selbst opferte. Einen, der mit den Worten von Frodo, »willig war aufzugeben, es zu verlieren, damit die anderen es behalten können«.

ZUM NACHDENKEN

Selbstaufopferung ist das Wesen jedes Helden und das letztendliche Mittel der Erlösung.

EPILOG

Es fällt nicht schwer,
sich die eigenartige Erregung und Freude vorzustellen,
die jemand empfindet, wenn besonders schöne Märchen
gefunden würden,
die »in erster Linie« wahr wären, deren Text Geschichte ist.
(J.R.R. Tolkien, »Über Märchen«)

Und ich werde alle Nationen erschüttern;
und das Ersehnte aller Nationen wird kommen,
und ich werde dieses Haus mit Herrlichkeit füllen,
spricht der HERR der Heerscharen.
(Haggai 2,7)

Nun, da die kurze Reise durch Mittelerde sich ihrem Ende nähert, ist es Zeit für die Autoren, ein Bekenntnis zu machen: Wir haben es genossen. Dieser Versuch, eine Reihe von Themen aus dem Buch *Der Herr der Ringe* (mit einer *»christlichen Brille«* gelesen) zusammenzustellen, war für uns eine Übung reinster Freude und persönlicher geistlicher Bereicherung.

Doch es fordert eine ganz vernünftige Frage heraus: Genuss ist ein Ding. Aber was ist mit der Wahrheit und Genauigkeit? War es wirklich fair oder ehrlich, nach Tolkiens Absicht Mittelerde und seine Bewohner dieser Art von Analyse zu unterwerfen, wie wir es getan haben? Gibt es eine Rechtfertigung, ihnen die Bedeutungen und Botschaften abzuringen, die dieses Büchlein zu übermitteln versucht?

Kurt Bruner und ich haben von einem christlichen Standpunkt aus geschrieben. Es ist möglich, dass Leser, die diesen Standpunkt nicht schätzen, dagegenhalten, wir hätten einfach unsere Vorlieben und Überzeugungen dem Text von Tolkiens Saga aufgedrückt. Das wäre ein ernsthafter Vorwurf, der eine sorgfältige Antwort verlangt.

Auf der anderen Seite mag es jene geben, die unsere christlichen Überzeugungen teilen, es aber unangemessen finden, in einer Geschichte, die nur von Elben, Zwergen, Goblins, Hobbits, Zauberern, Feuerdämonen und allen möglichen Sorten unterschiedlichster seltsamer, fantastischer und magischer Wesen wimmelt, irgendetwas von wahrem geistlichen Wert zu finden. Was sollen wir ihnen sagen?

DER MENSCH ALS UNTERSCHÖPFER

Was war Tolkiens Absicht, als er Bücher wie *Das Silmarillion*, *Der Hobbit* und *Der Herr der Ringe* schrieb? In seinem Essay *Über Märchen* gibt er uns einen deutlichen Hinweis. Hier definiert er Fantasie als eine »subkreative Kunst«, deren Ziel es ist, eine »Sekundäre Welt« zu schaffen, die von einer »inneren Logik von Realität« gekennzeichnet ist.

»Was wirklich geschieht«, erklärt er, »ist, dass der Geschichtenmacher sich als erfolgreicher *Unterschöpfer* erweist. Er schafft eine Sekundäre Welt, die der Geist betreten kann. In ihr ist, was er erzählt, wahr. Es stimmt mit den Gesetzen dieser Welt überein.« [21]

Tolkien war ein Künstler. Wenn er sich zum Schreiben hinsetzte, versuchte er etwas zu schaffen, etwas, das als schön und bezwingend erachtet würde aufgrund seiner Treue gegenüber den eigenen inneren Gesetzen. Und hier an diesem Punkt tauchen die ausdrücklich christlichen und biblischen Wurzeln seiner Gedanken auf. So wie er es sah: »Fantasie ist eine natürliche menschliche Aktivität.« Sie ist natürlich, weil Gott den Menschen nach seinem Bilde geschaffen hat (Genesis 1,27). Menschen sind Schöpfer im kleinen Sinne – Unterschöpfer in Tolkiens Terminologie – eben deshalb, weil ihr Schöpfer der vollkommene Schöpfer ist. Der Mensch ist von einem starken schöpferischen Drang erfüllt, einer Sehnsucht, seinen Schöpfer zu imitieren, indem er sich durch eigenes Schaffen ausdrückt. Tolkien sagt, jeder Mensch habe von Gott ein kleines Teilchen von dessen Schöpferkraft mitbekommen, so wie die Farben des Regenbogens Teile des weißen Sonnenlichtes sind. Damit kann er »spielen«, und das, was er schafft, bewirkt einen Widerschein in den Herzen anderer. Das gilt auch jetzt noch, obwohl diese Gabe oft missbraucht wurde. »Wir schaffen noch immer durch das Gesetz, durch das wir erschaffen wurden.«

DAS BLATT DES MALERS PINGELIG

Tolkien untersuchte diese Vorstellung in einer kurzen Parabel oder Fabel mit dem Titel »Niggle's Blatt«. Niggle (zu deutsch: Pingelig) ist ein unbedeutender kleiner Maler, und vergeudet sein Leben (zumindest erscheint es allen anderen so) mit der Arbeit an einem Bild von einem großen Baum. Während er arbeitet, wächst und weitet sein Bild sich aus (ganz nach der Art von Tolkiens Mittelerde), so dass es unvollendet bleibt, als er zu seiner letzten »Reise« abgerufen wird (das heißt, er stirbt).

Das Paradies erreichend, schaut Pingelig empor und ist von der seltsamsten, wundervollsten Erkenntnis beeindruckt: Er steht vor seinem Baum! Er ist in seinem eigenen Bild! Seine Kunst ist lebendig geworden! Er findet dort seinen alten Nachbarn, Herrn Pfarre, und gemeinsam beschäftigen sie sich mit der Pflege der Wälder, der Felder, der Hügel und der Berge, die aus Pingeligs Einbildungskraft entstehen. »Pingelig erdachte wunderbare neue Blumen und Pflanzen und Pfarre wusste stets genau, wie er sie setzen musste und wo sie am besten gediehen«. [23]

Also, in Tolkiens Vision der Dinge »könne nun vielleicht der Mensch zu vermuten wagen, dass er in der Fantasie tatsächlich an dem Erblühen und vielfachen Bereichern der Schöpfung mitwirken kann«. [24]

SEHNSUCHT

Im Zentrum menschlicher Kreativität, sagt Tolkien, läge Sehnsucht, »die Sehnsucht nach einer lebendigen, verwirklichbaren subkreativen Kunst«. [25]

Sehnsucht ist das einzigartige, schmerzliche Streben, das in so vielfacher Weise die Seele des Buches *Der Herr der Ringe* ausmacht. Sehnsucht nimmt einen zentralen Platz in Tolkiens Denken über die Bedeutung menschlicher subkreativer Kunst ein. Wenn er von seinen eigenen Kindheitsausflügen in die Fantasie- und Märchenwelt spricht, schreibt er:

> »Zu keiner Zeit kann ich mich daran erinnern, den Genuss einer Geschichte davon abhängig gemacht zu haben, dass solche Dinge im wirklichen Leben geschehen könnten oder geschahen. Märchen hatten einfach nicht zuerst mit der Möglichkeit, sondern mit der Wünschbarkeit zu tun. Wenn sie Sehnsucht erweckten, sie befriedigten, während sie diese gleichzeitig anregten, waren sie erfolgreich.« [26]

Er scheint zu sagen, dass etwas Grundsätzliches im eigentlichen Zentrum menschlicher Erfahrung fehlt. Die besten Beispiele unseres eigenen Schaffens und Machens sind bloße Versuche, dieses Etwas zu objektivieren, um besser in der Lage zu sein, es zu suchen und ihm nachzujagen. »Es ist nur eine Geschichte«, sagen wir. Doch in unseren Herzen wissen wir es besser. Die Wahrheit ist: Ganz tief in uns drinnen, wünschen wir uns, es sei wahr.

MÄRCHEN: EINE WAHRE GESCHICHTE?

Tolkien wusste es. »Es ist nicht schwer«, schrieb er, »sich die eigenartige Erregung und Freude vorzustellen, die jemand empfindet, wenn besonders schöne Märchen gefunden werden würden, die ›in erster Linie‹ wahr wären, deren Text Geschichte ist.« [27]

Dieser Gedanke diente als Prämisse zu einem faszinierenden und »besonders schönen« Film von 1997, *Märchen: eine wahre Geschichte.* [28] Es ist die Nacherzählung eines tatsächlichen historischen Geschehens in der Weise, in der wir uns alle *wünschen*, es wäre so passiert.

Im Jahr 1917 spielend, zeigt der Film die Geschichte zweier Mädchen, Elsie Wright und Frances Griffiths, die von ganz England als jene gefeiert wurden, die nicht nur Elben am Bach in der Nähe von Elsies Haus in Yorkshire gesehen hatten, sondern deren Bilder tatsächlich auf Film gebannt hatten. Ein Experte für Photographie versicherte die Authentizität der Bilder. Was soll die Welt denken? Gibt es tatsächlich so etwas wie Elben?

Zwei der gefeiertsten Berühmtheiten der Zeit werden in die nachfolgende Kontroverse verwickelt: der Autor Sir Arthur Conan Doyle, ein Spiritist, welcher der Geschichte der Mädchen begeistert zustimmt; und der amerikanische Entfesselungskünstler Harry Houdini, ein kluger Illusionist, der eine rücksichtslose, zynische Einstellung gegenüber allen Berichten übernatürlicher Vorkommnisse einnahm.

In einer sehr ergreifenden Szene, nach einer Vorführung in London, wird Houdini gebeten, sich mit Elsie und Frances fotografieren zu lassen. Da sitzt er nun, der große Skeptiker, jeweils einen Arm um ein Mädchen gelegt, als ihn ein Reporter fragt: »Sie haben die Aufnahmen aus Yorkshire gesehen. Glauben Sie, dass wir echte Elben sehen können? Ich habe Sie bereits früher interviewt, Herr Houdini, und ich weiß, dass Sie nicht für übersinnlichen Unsinn stehen.«

Houdinis Antwort hätte direkt aus den Schriften J. R. R. Tolkiens stammen können:

> Mein Herr, ich habe mein Leben damit verbracht, das Unmögliche wahr zu machen. Warum sollte ich es so schwer finden, es bei anderen zu akzeptieren? ... Ich bin immer gegen Betrug gewesen. ... Aber hier sehe ich nichts davon. Ich sehe bloß Freude.

Freude. »Ein flüchtiger Augenblick der Freude«, sagt Tolkien, »Freude jenseits der Mauern der Welt, ergreifend wie Schmerz.« [29]

Dies, so wie es der Autor von *Der Herr der Ringe* sah, ist, was Fantasie am besten kann. Sie gibt uns einen Hinweis, einen Anhaltspunkt für das, wonach wir wirklich suchen: einen »flüchtigen Augenblick der Freude«, einen schmerzlich verlockenden Geschmack von endgültiger menschlicher Erfüllung. Und dies, scheint mir, ist der Kern von *Märchen: eine wahre Geschichte.* Es geht allein um diese verzweifelte menschliche Sehnsucht nach der alles ergreifenden, durchdringenden Freude.

In der Kinoversion der Geschichte wird diese Sehnsucht erfüllt. Die Feen sind echt. Selbst Elsies Eltern sehen sie in der letzten Szene. In der »Sekundären Welt«, die die Filmemacher geschaffen haben, steht das menschliche Verlangen nach »Freude jenseits der Mauern der Erde« von Angesicht zu Angesicht seinem Objekt gegenüber. Das ferne, schöne und undefinierbare Etwas, was wir uns alle wünschen und wonach wir alle suchen, bricht in die irdische Wirklichkeit der Alltagswelt ein.

Das ist es doch, hinter dem alle her sind! Das ist der Grund, warum Herr Houdini niemals erzählt hat, wie er »es macht«. So erklärt er auch der jungen Elsie: »Niemand will es wirklich wissen, wenn du es ihnen erzählst.« Natürlich wollen sie es nicht. Was sie wollen, ist, dass die Illusion doch irgendwie wahr wird.

DIE SCHLECHTEN NACHRICHTEN

Die schlechte Nachricht ist die, dass es sich in diesem besonderen Fall nicht bewahrheitete. Diese Erkenntnis erfährt man nicht aus dem Film. Tatsächlich hatte die »wahre Geschichte« von Elsie Wright und Frances Griffiths kein solch wunderbar gutes Ende. In dem echten Leben bekannten Elsie und Frances als Erwachsene, dass die Elbenfotos ein Trick gewesen waren. Und als sie es bekannten, seufzte die Welt vor Enttäuschung.

Dieser Seufzer der Enttäuschung sollte uns zu denken geben. Er erinnert uns an die Wahrheit, die wir gefährlicherweise ignorieren. So tiefgehend, so mächtig, so tief verwurzelt in der menschlichen Natur ist die Sehnsucht, die Tolkien spürte, als er als Kind Märchen las, dass sie das Potential hat, uns zu täuschen. Sie kann uns vom Weg abbringen, vorschnelle Schlüsse ziehen lassen. Wir möchten es so sehr gern glauben, dass wir oft Vertrauen und Hoffnung investieren, wo solch eine Investition keine Berechtigung hat. Und wenn der Boden herausfällt, wenn die Elsies und

Franceses der Welt die Wahrheit bekennen, bleibt uns nichts anderes als der Staub und die Asche der Desillusion.

Ist dies das Ende der Fahnenstange? Ist völliger Skeptizismus – und darüber hinaus, etwas noch Trostloseres – unser letztendliches Schicksal? Das Märchen war doch keine »wahre Geschichte«. Bedeutet es, das Licht zu löschen und »Gute Nacht« zu sagen?

Einige sind zu diesem Schluss gekommen. Ich kann das nicht! Immer wieder komme ich selbst auf die Existenz der Sehnsucht zurück. Manchmal vergesse ich sie natürlich. Manchmal lässt das Durcheinander des Alltags sie außen vor. Manchmal stumpfen Langeweile, Ermüdung und Routine ihre Kanten ab. Aber sie verschwindet niemals völlig. Still, unaufdringlich, aber bestimmt verlangt sie gehört zu werden. Gibt es nichts »da draußen«, das dieses nagende, andauernde und augenscheinlich universelle menschliche Verlangen stillt?

Nach Tolkiens Freund und Kollegen C. S. Lewis muss da etwas sein. Um auf ein bereits erwähntes Zitat zurückzukommen: »Kein Geschöpf wird mit Wünschen und Bedürfnissen geboren, für die es keine Befriedigung gibt. Ein Säugling hat Hunger und er bekommt sein Fläschchen. Eine Ente will schwimmen und geht ins Wasser. Menschen empfinden sexuelles Verlangen und es gibt die geschlechtliche Vereinigung. Wenn wir nun in uns ein Bedürfnis entdecken, das durch nichts in dieser Welt gestillt werden kann, dann können wir doch daraus schließen, dass wir für eine andere Welt geschaffen wurden.«[30]

DIE GUTEN NACHRICHTEN

Und dies sind die guten Nachrichten: Uns wird die atemberaubende Erkenntnis zuteil, dass sich, in einem wichtigen Sinne, unser Streben selbst rechtfertigt. Es ist die unausweichliche in den Tatsachen unseres menschlichen Seins verwurzelte Versicherung, dass das Märchen, in all seiner wahnsinnigen Freude eines Tages nicht nur wahr werden *kann*, sondern wahr werden *muss*.

Und was dann? Welche »besondere Erregung und Freude« würden wir empfinden, wenn das glückliche Ende (oder, wie Tolkien es nannte, die Eukatastrophe) des archetypischen Märchens irgendwie in die alltägliche Erfahrung übertragen würde? Was, wenn das, was Sie sich immer schon wünschten, vorstellten, erträumten, in Ihre lieblichsten Visionen von Güte und Schönheit projizierten, aber niemals recht bezeichnen konnten, plötzlich wahr würde und im hellen Tageslicht, Sie in voller Lebensgröße anblickend dastände? Was, wenn die »durchdringende Schönheit« von Tolkiens Mittelerde, zum Beispiel, sich als mehr als nur schriftstellerische Erfindung erweisen würde? Wenn wir wie Pingelig uns plötzlich mit der festen Realität unserer schönsten Hoffnungen und Träume konfrontiert sähen? Was, wenn alles wahr würde? Nach Tolkien ist es das.

> Wenn ich mich der christlichen Geschichte aus dieser Richtung nähre, möchte ich zu sagen wagen, dass ich schon lange das Gefühl (ein freudiges Gefühl) habe, dass Gott die verdorbenen gestaltenden Geschöpfe, Menschen in einer Art erlöste, die in dieser und in anderer Hinsicht zu ihrer seltsamen Natur passt. Die Evangelien enthalten ein Märchen, beziehungsweise eine Erzählung größerer Art ... Doch diese Erzählung ist die wirkliche Geschichte und die primäre Welt..

Tolkien war nicht allein in diesem Glauben. Eine Frau, Zeitgenossin und schriftstellerische Freundin, Dorothy Sayers, drückte die gleiche Überzeugung folgenderweise aus:

> Jesus Christus ist einzigartig – einzigartig unter Göttern und Menschen. Es hat viele fleischgewordene Götter gegeben und auch nicht wenige getötete und auferstandene Götter. Aber Er ist der einzige Gott, der ein Datum in der Geschichte hat. [32]

C. S. Lewis schreibt es so:

> Das Herz des Christentums ist ein Mythos, der auch eine Tatsache ist. ... Es geschieht – an einem bestimmten Tag, an einem be-

> stimmten Ort, von definierbaren geschichtlichen Konsequenzen gefolgt. ... Doch indem es Tatsache wird, hört es nicht auf, auch Mythos zu sein: Das ist das Wunder.[33]

Und so kommen wir zum Höhepunkt. Zu einem bestimmten Zeitpunkt in der Geschichte, an einem kleinen, besonderen Ort auf diesem Erdball – in Bethlehem – öffnet sich eine Tür in den Mauern der Welt. Der Vorhang der Ewigkeit ist zur Seite geschoben, und die Sehnsucht aller Nationen – Jesus Christus, Gott im Fleische – tritt in unsere Mitte.

Das ist, wie Tolkien es sah, das Evangelium. Es ist die gute, wunderbare Nachricht.

Jim Ware

WIE DUMM MUSS MAN SEIN, UM GLAUBEN ZU KÖNNEN?

Christen sind Menschen, die man an der Schlafmütze erkennt, die ein Brett vor dem Kopf haben und die an den völlig veralteten, naiven Vorstellungen der Bibel festhalten – das ist zumindest die gängige Meinung vieler Leute.

In diesem Zusammenhang ist es allerdings sehr erstaunlich, dass nach Jahrzehnten atheistisch-materialistischer Dominanz ein neues Zeitalter begonnen hat, in dem Religion, Okkultismus und Esoterik immer mehr begeisterte Anhänger finden. Gebildete Menschen sind plötzlich bereit, ihr rationales Denken aufzugeben, den Verstand abzuschalten und sich Vorstellungen und Praktiken zu öffnen, die man noch vor wenigen Jahren dem finstersten Mittelalter zugeordnet hätte.

Die Vorstellung, dass wir als Menschen Produkte des Zufalls sind und mit dem Tod alles aus ist, hat offensichtlich viele Fragen unbeantwortet gelassen, und so öffnet man sich immer mehr spirituellen Einflüssen, Bewegungen und Gefühlen.

Nun sollte man meinen, dass in einer solch religiösen, spirituell aufgeschlossenen Zeit der Glaube an Jesus Christus einen mächtigen Aufschwung erleben würde. Aber das ist offensichtlich nicht der Fall. Auch wenn die Bibel weltweit das am meisten verbreitete Buch ist, wird sie doch nur von relativ wenigen gelesen und ernst genommen.

Obwohl das Christentum weltweit die zahlenmäßig stärkste Religion ist, so ist die Zahl derer, die Christus wirklich vertrauen und ihr Leben entsprechend ausrichten, nicht besonders groß.

WORAN LIEGT DAS?

Im Gegensatz zu allen anderen Religionen schmeichelt die Bibel der Eitelkeit des Menschen nicht, sondern »bürstet uns gegen den Strich«. Da ist nicht die Rede von einem »guten Kern« im Menschen, der entwickelt werden müsste, oder von einem »göttlichen Licht«, das durch besondere Übungen oder Meditationsformen zur Entfaltung kommen kann.

Gottes Urteil über jeden Menschen ist eindeutig und vernichtend: Er befindet sich in absolut hoffnungsloser Boshaftigkeit, Verdorbenheit und Verlorenheit. Und die Maske der Mitmenschlichkeit und Humanität verdeckt nur die Fratze eines stolzen, egoistischen und gottlosen Menschen, der nicht im Traum daran denkt, das erste und größte Gebot Gottes zu erfüllen: Gott zu lieben aus ganzem Herzen, mit ganzem Verstand, aus ganzer Seele und aus ganzer Kraft.

Der bekannte dänische Dichter und Philosoph Søren Kierkegaard hat das einmal sehr drastisch und deutlich auf den Punkt gebracht:

> *Es gibt etwas, wovon du nicht weißt, sondern was du dir sagen lassen musst und was du glauben sollst: Du bist in Sünde empfangen, in Übertretung geboren; du bist von Geburt an ein Sünder, in der Gewalt des Teufels; falls du in diesem Zustande bleibst, ist dir die Hölle sicher. Da hat Gott in unendlicher Liebe eine Veranstaltung zu deiner Erlösung getroffen, hat seinen Sohn geboren werden, leiden und sterben lassen. Glaubst du das, dann wirst du ewig selig. Dies wird dir verkündigt, diese frohe Botschaft!*

Diese »frohe Botschaft« ist also zunächst einmal ein schockierendes, vernichtendes Urteil über die Qualität unserer Moral, welches wir zu schlucken haben. Und dann zeigt uns die Bibel, wer Gott ist und was Gott getan hat, um uns begnadigen und erlösen zu können. Und wer sich das von Gott sagen lässt und ihm glaubt, der wird eine erstaunliche Veränderung in seinem Denken und Leben feststellen.

Ein klassisches Beispiel für diesen Tatbestand ist ein berühmter Weltherrscher aus dem 6. Jahrhundert vor Christus. Seine Residenz war die gewaltige Stadt Babel mit den »Hängenden Gärten« und der berühmten »Medischen Mauer«, welche diese Stadt so gut wie uneinnehmbar machte. Sein Name: Nebukadnezar. (Vielleicht dem einen oder anderen Leser unter dem Namen »Nabucco« aus Verdis gleichnamiger Oper bekannt.)

Dieser mächtige König sah eines Tages voller Stolz von seinem Palast aus auf seine genialen und großartigen Bauwerke und rief begeistert und berauscht von der eigenen Größe aus:

> *Ist das nicht das große Babel, das ich durch die Stärke meiner Macht und zur Ehre meiner Herrlichkeit zum königlichen Wohnsitz erbaut habe?*

Er hatte diesen Satz kaum zu Ende gebracht, als er plötzlich wahnsinnig wurde. Als Folge davon wurde er von den Menschen ausgestoßen und lebte wie ein Tier. Sieben Jahre lang hielt dieser Zustand geistiger Verwirrung an, bis nach Nebukadnezars eigenen Worten Folgendes geschah:

> *Und am Ende der Tage erhob ich, Nebukadnezar, meine Augen zum Himmel, und mein Verstand kehrte zu mir zurück. Und ich pries den Höchsten, und ich rühmte und verherrlichte den ewig Lebenden, dessen Herrschaft eine ewige Herrschaft ist und dessen Reich von Geschlecht zu Geschlecht währt.*

In dem Moment, wo dieser ehemals mächtige, aber wahnsinnige Weltbeherrscher – der wie ein Tier lebte – seine Augen zum Himmel erhob und sich dessen bewusst wurde, dass er Geschöpf eines Schöpfers war, gab er in einer demütigen Haltung Gott die Ehre und begann wieder vernünftig zu denken.

Diese erstaunliche Geschichte macht deutlich: Immer dann, wenn der Mensch sich selbst zum Maß aller Dinge macht und seinen Schöpfer ignoriert, verliert er über kurz oder lang den Verstand, degeneriert zum Tier und ist in der Lage, die unglaublichsten Theorien für Wahrheit zu halten.

Und wo ein Mensch – einerlei, in welch hoffnungsloser Situation er sich auch befindet – seinen Blick zu Gott erhebt und sich selbst als ein von Gott abhängiges Geschöpf erkennt, bekommt er einen klaren Kopf und wird vernünftig in seinem Denken und Leben.

C. H. Spurgeon, einer der bekanntesten Prediger des 19. Jahrhunderts, hat den biblischen Glauben einmal treffend definiert:

> *Glaube an Gott ist geheiligter Menschenverstand … Glauben heißt: Gott zum größten Faktor in unseren Überlegungen zu machen und dann nach der gesündesten Logik zu handeln.*

Und Gott hat sich offenbart – in Jesus Christus, seinem Sohn, hat er seine Liebe, Heiligkeit und Gerechtigkeit unübersehbar gezeigt – das wird an keiner Stelle deutlicher als zu dem Zeitpunkt, wo die Menschen das Todesurteil über den Sohn Gottes ausgesprochen haben. Wo man ihn hasserfüllt an das Kreuz auf Golgatha schlug, wo aber auch Gott das Todesurteil über seinen Sohn aussprach und vollzog, weil Jesus Christus an diesem Kreuz nicht nur den Hass der Menschen erlitt, sondern aus Liebe zu uns den gerechten Zorn Gottes über unsere Gottlosigkeit und Sünde auf sich genommen und dort stellvertretend unsere Schuld bezahlt hat.

In der Bibel finden wir Gottes Antworten auf unsere Fragen nach dem Warum, Woher und Wohin. Dort lernen wir, dass unser kurzes Leben auf der Erde nicht mit dem Tod endet, sondern seine ewige Fortsetzung in der Herrlichkeit der Gegenwart Gottes, oder aber in der ewigen Verdammnis findet. Entscheidend dafür ist, ob wir in unserem Leben Jesus Christus als unseren Herrn und Erlöser annehmen und unser Leben unter seine Führung stellen – oder nicht.

Es wird Zeit, über Tod und Leben, Vergänglichkeit und Ewigkeit, vor allem aber über Gott selbst nachzudenken und die Bibel, sein »Testament«, das Vermächtnis des Schöpfers an uns Menschen, zu lesen. Gott hat versprochen, sich von jedem finden und erkennen zu lassen, der ihn aufrichtig sucht.

Tolkiens Buch ist keine direkte Predigt dieses »Testaments und Vermächtnisses des Schöpfers«; aber es weist uns in vielen anschaulichen Bildern auf den hin, der über allem steht und die Fäden unseres Lebens in der Hand hält, um alles seinem guten Endzweck zuzuführen, und es zwingt uns – ganz und gar undogmatisch, aber nichtsdestoweniger eindringlich die Frage auf, ob wir uns, wie Herr Frodo, schon auf der guten Bahn des göttlichen Willens befinden, oder ob wir diesem Willen immer noch Widerstand leisten.

Zum Abschluss noch zwei Zitate aus *Tolkiens Briefen*:

> Gemäß meiner Absicht sollte *Der Herr der Ringe* ... mit christlichen Gedanken und Überzeugungen übereinstimmen, wie es anderswo zum Ausdruck kommt. [34]

> Daher können wir sagen, dass der Hauptzweck des Lebens für einen jeden von uns darin besteht, nach unserem Vermögen unsere Gotteserkenntnis durch alle uns verfügbaren Mittel zu vermehren und uns dadurch zu Lob und Dank bewegen zu lassen. Dass wir dies umsetzen, was wir in »Nun danket all und bringet Ehr« besingen ...

»Nun danket all und bringet Ehr
ihr Menschen in der Welt
dem, dessen Lob der Engel Heer
im Himmel stets vermeld't!« [35]

Wolfgang Bühne

FUSSNOTEN

[1] Humphrey Carpenter, *The Letters of J. R. R. Tolkien* (New York: Houghten Mifflin Company, 2000), 147.

[2] J. R.R. Tolkien, *Das Tolkien Lesebuch* (The Tolkien Reader. New York: Ballantine Books, 1966, S. 88).

[3] Clyde S. Kilby, *Tolkien and The Silmarillion* (Wheaton: Harold Shaw Publishers, 1976), 79.

[4] Carpenter, *Letters*, 172.

[5] C. S. Lewis, *Pardon, ich bin Christ* (Basel: Brunnen Verlag, 1977), 126

[6] J. R. R: Tolkien. Hrsg. von Christopher Tolkien, *Das Silmarillion* (Stuttgart: Klett-Cotta, 1991), 21.

[7] Ibid., 22.

[8] Ibid. 23.

[9] J. R. R. Tolkien, *Der Hobbit* (München: dtv, 1974), 302.

[10] The Dialogues of Plato (New York: Bantam Books, 1986), 7.

[11] Neale Walsch, *Conversations with God* (New York: G.P. Putman's Sons, 1996), 22.

[12] J. R. R. Tolkien, *Der Herr der Ringe.* (Stuttgart: Klett-Cotta, 2000), 67.

[13] Ibid., 719.

[14] Ibid., 102.

[15] Malcolm Muggeridge, *The End of Christendom* [Das Ende des Christentums] (Grand Rapids: Wm. B Eerdmans Publishing Co., 1980), 56.

[16] Tolkien, *Das Silmarillion*, 23.

[17] Tolkien, *Der Herr der Ringe*, 557.

[18] Sir Thomas Malory, Le Morte d'Arthur (New York: Penguin Books, 1969) Buch XXI, Kapitel 7.

[19] T. W. Rolleston, *Celtic Myths und Legends* (New York: Dover Publications, 1990), 308. (Originally published as Myths & Legends of the Celtic Race by George G. Harrap & Company, London, 1917.)

20 Tolkien, *Der Herr der Ringe*, 361

21 Tolkien, *Reader*, 37.

22 Ibid., 54.

23 Ibid., 107.

24 Ibid., 73.

25 Ibid., 53.

26 Ibid., 40.

27 Ibid., 72.

28 *Fairy Tale: A True Story*. Directed by Charles Sturridge; written by Albert Ash, Tom McLoughlin, and Ernie Contreras. Paramount Pictures/Icon Productions, 1997.

29 Tolkien, *Reader*, 68.

30 C. S. Lewis, *Pardon, ich bin Christ* (Basel: Brunnen Verlag, 1977), 126.

31 Tolkien, *Reader*, 71-72.

32 Dorothy L. Sayers, *The Man Born to Be King* (London: Victor Gollancz LTD, 1943), 20.

33 C. S. Lewis, *God in the Dock* (Grand Rapids: Wm. B. Eerdmans Publishing Co., 1970), 66-67.

34 Carpenter, *Letters*, 269.

35 Carpenter, *Letters*, 310.

CLV

Taschenbuch

Benedikt Peters

**DER 11. SEPTEMBER,
DER ISLAM UND DAS CHRISTENTUM**

Taschenbuch, 80 Seiten
ISBN 3-89397-476-8

»Der 11. September hat die Welt verändert!« Man war sich rund um den Globus erstaunlich einig!

Schon von den Terroranschlägen zitierte der Spiegel in seiner Titelgeschichte den britischen Philosophieprofessor Ernest Gellner: »Der Islam ist mehr als andere Religionen – er ist der Entwurf einer Gesellschaftsordnung. Der Islam unterscheidet sich auch wesentlich vom Christentum ...« (Spiegel 23/2001).

Doch nach dem 11. September war man bemüht zu betonen, dass kein (Rache-) Krieg gegen den Islam, sondern gegen internationalen Terrorismus geführt werden müsse. Der Islam sei eine friedfertige Religion.

Doch welche Sicht entspricht der Wahrheit?

Wahr ist zumindest, dass der materielle Wohlstand des Westen keinen Frieden und Sicherheit garantieren kann und selbst dieser Wohlstand unsicher ist. Doch birgt der 11. September nicht auch eine Chance? Können Katastrophen nicht ein Warnsignal sein, mit dem Gott uns aus einem gefährlichen Schlaf reißen will? Gibt es eine Antwort auf die tiefe Angst des Menschen und seine Sehnsucht nach Harmonie?

Dieses Buch zeigt, dass es Jemanden gibt, der aus aller Angst herausführt und tiefen, bleibenden, von äußeren Umständen unabhängigen Frieden gibt!